離  不 遠

目錄

輯三　不凋的容顏

輯五　童心晶瑩

【推薦序】

那些年，我們一起走過的日子

陳美羿

認識林秀蘭老師，已經將近三十年了。因為虛長她幾歲，又因為同在教育界、同在慈濟，就親暱地直接喊她「秀蘭」。

秀蘭個子嬌小，是個善良、純樸又純真的人。認識她，緣於慈濟的筆耕隊，她算是元老級的成員。過去舉凡慈濟各類營隊、各種慶典、歲末祝福、救災……秀蘭幾乎無役不與。檀施會企畫專書，需要寫手幫忙採訪撰稿，第一個也會想到她。

三十年來，因緣流轉，有人早已停筆，有的轉到其他領域發揮，而秀蘭還是固守在寫作。只要一有需要，「一把槍丟過去」，她就毫不猶豫地「上戰場」，從來不曾說「No」。也因為如此，她一年年累積的作品，數量可觀，品質可讚。

只要是秀蘭採訪過的人，都會跟她結上深深的緣。二〇〇二年，我們企畫了《一個超越天堂的淨土》，秀蘭被分配寫陳衛阿嬤。寫完「樂生阿嬤」，秀蘭不辭辛苦，只要有空，就往樂生療養院跑，為的是關心陳衛，當然還有其他的痲瘋病友。

二〇〇六年，檀施會企畫《為愛生財》一書，寫作志工各分配了採訪對象，惟獨「梨山果農王玉鸞」派誰去好呢？

「秀蘭！」最艱鉅的任務，非她莫屬。於是，我通知她去採訪王玉鸞：「她住埔里，有點遠喔！是不是請你師兄開車，陪你去呢！」

幾天之後，採訪回來，著實把我嚇一大跳。秀蘭夫婦先是到埔里王玉鸞家採訪，進而盤山過嶺，穿越處處坍方，跟著王玉鸞夫婦到梨山去。更驚險的是，還坐「流籠」滑到對面山，去果園和工寮參觀。採訪完了，才又坐「流籠」下山。

寫到這裏，秀蘭回憶補充說：「我們先去埔里，後來您覺得要實地採訪，文稿才能深入，上梨山是您建議的……」哇！事隔多年，我都忘了。唉！如果知道如此驚險，我哪敢要求他們上山？

不過秀蘭說：「王玉鸞他們幾十年都是這樣上山下山的，也因為採訪，我們才有機會坐『流籠』。」

這篇〈水蜜桃的約定〉，讓秀蘭和王玉鸞結下不解之緣，十幾年來，王玉鸞經常寄給她蜜蘋果、水蜜桃、水梨、李子、蔬菜……有時是王玉鸞贈送，有時是秀蘭購買。特別是颱風前夕，搶收後一時賣不出去，秀蘭就大量購入，然後分送給親朋好友，當然每次我也都有份。

秀蘭寫過非親屬捐髓第一例的葉美菁、寫過器捐協調師和受贈者、人醫會醫師、資深的慈濟志工，也寫過翻騰股海的家庭、渾身刺青的更生人。看看名單，幾乎都是我「派」給她的「作業」。

九二一地震那段時間，秀蘭跟著到災區採訪，接著又為希望工程的學校撰寫校史。那段時間，秀蘭和組員南北奔波，累到眼睛模糊，身體也幾乎垮掉，這是我一直感到抱歉的，非常非常對不起。幸好最後經過調養，恢復了健康。

秀蘭還感恩地說：「寫校史是大工程，我完成了，寫作經驗更是大大進了一階。」

熟悉秀蘭的人，一定常常聽她談起「志賢」、「曉凌」，那是她姊姊的大兒子和大媳婦。姊姊車禍往生後，秀蘭就細心照顧她的二子二女。老大志賢結婚後，生了三個小孩，升格為「姨婆」的秀蘭，又化身超級保母，照顧第三代的「宜倢」、「宜恩」和「亞哲」。

退休後，秀蘭每天要準備十多份的早餐。住在屋後的志賢一家，都有免費的營養早餐。志賢在科技業工作，曉凌是醫師，都很忙碌。孩子上學了，秀蘭家也成了「安親班」，盯著孩子洗手、吃點心、彈鋼琴，寫完作業，還要讓他們吃晚餐。

秀蘭說：「我師專畢業後，在姊姊家吃住五年，完全免費。現在他們需要我，正是我回饋的時候。」

秀蘭能夠無怨無悔，出錢出力地「回饋」，最要感恩的是她的先生陳世勝。世勝任職國營事業，為人正直、負責。他跟秀蘭一樣，也是善良、誠懇、忠厚的人。秀蘭加入慈濟後，也把先生拉進來。世勝是早年慈濟的「保全組」之一，也曾任慈濟大學的慈誠爸爸，甚至遠赴北朝鮮賑災。

夫妻同行菩薩道，家庭和樂，長子和長女是龍鳳胎，多年後再喜獲么兒昱辰，加上婆婆，是個標準的三代同堂。

記得他們女兒覓得良緣，出嫁那天，當爸爸的淚灑婚禮會場，我看了動容又難忘。之後兩位外孫女陸續報到，外公、外婆時時拍照記錄，兩老樂在其中，我也經常收到他們寄來的可愛女娃照片。

秀蘭娘家在嘉義大林，從板橋回家，一趟路是遙遠的。母親「口是心非」，叫她「孩子小、路途遠」，不必常回去。乖乖牌的秀蘭「信以為真」，直到採訪徐木水醫師，觸動了她，決定每個月至少要回鄉去探望母親一次。

後來母親需要旁人協助，越南籍的外傭阿豪就成為秀蘭口中經常稱讚的「家人」。我有幾次跟隨秀蘭去大林，看到慈祥的林媽媽和孝順盡責的阿豪。也看到她那純樸的哥哥、嫂嫂，還有村子裏的熱情鄰居。

林媽媽過世時，阿豪比誰都傷心。料理完後事，秀蘭帶著阿豪環島一周，帶她搭高鐵，去高雄鑽過海底隧道，也穿過雪山隧道，近距離仰望臺北一〇一……這些都是阿豪「指定」想要看的。

提起此事，秀蘭說，她們來到臺北，我還額外「加碼」，帶她們上陽明山，同行的還有阿根廷回臺的李錦秀，一車四個人，飽覽草山風光，又去吃野菜餐和地瓜湯。我說：「是嗎？我都忘光光了。」

無論如何，我被秀蘭疼惜阿豪的心感動，雖然她說：「對她好，其實是對我自己好，因為她會對我媽媽更好。」後來她又說：「對她好，她回越南後，會說臺灣人真好。」秀蘭一顆善良的心，真是做了最好的國民外交。

早年秀蘭曾在新北市的牡丹國小任教，那是一個偏鄉的小學校。秀蘭的學生中有一位游建章，現在是優秀的眼科醫師，「老師」用心地把「學生」帶進慈濟，並加入人醫會。前幾年，游建章受證了，秀蘭很高興，特地請大家到木柵的餐廳吃懷石料理。

她邀請我去觀禮，並一起上木柵聚餐，原來餐廳老闆陳桂蘭是她曾經採訪過的受訪者。那一天飯後，陳桂蘭泡茶招待嘉賓，大家一邊品茗，一邊談慈濟。我心裏非常感動，秀蘭就是那麼惜緣，珍惜她遇見過的每一個人。

早年學插花，秀蘭成了有證照的插花老師；近年學茶道，也通過層層考試，取得茶道老師的資格；寫作三十年，作品結集出版，成為擁有單行本的作家。

她聰慧，更是努力。因此，秀蘭做什麼，像什麼，總是能在「只問耕耘，不問收穫」的默默耕耘中，猛地抬起頭來，發現纍纍果實在眼前。

細細讀過她的每一個文字，才恍覺，這將近三十年的歲月，我們是如此相依相伴，一同走過來的。

這世界上，有秀蘭這個人真好；能認識秀蘭，更好。

【推薦序】

在菩薩的眸光中

王祝美

早春，乍暖還寒的天氣，使得校園裏的草木躁鬱不安，羊蹄甲嘩地潑個滿樹嫣紅，各色杜鵑花苞在枝頭蠢蠢欲動，欖仁樹的大紅葉急讓出一條條枯枝，留待新葉去登場……穿梭在如此沈靜卻又喧鬧眩惑的春日中，生命能量迸發的強勁力道，撞擊得人胸口發疼。當你難以隻身招架，必得找人分享自然盛宴的繁華錦簇時，最好的伴侶就是秀蘭。

秀蘭對於物事人情，擁有非關理性判斷的單純心眼，即使飽經世故，一花一葉都能吸引她的腳步，拭亮她的眼睛，並引發她的驚喜讚歎。在學校同任自然科任的一個春天下午，我和秀蘭在青楓樹下，有過一段漫溴的對話，說是漫溴卻呈現出秀蘭與世界交會的一貫模式……

主動：「好特別啊！什麼花呀？」秀蘭熱情好奇地趨近目標物。

吸收：「槭樹的新葉子，你看兩兩對生和楓香不一樣！」秀蘭靜靜傾聽。

玩賞：「多紅嫩新鮮，像小嬰孩的手對你招呀招的！」秀蘭隨喜沈浸情境中。

領悟：「纖嫩葉子沒多久就變綠、變粗，青春容易過！要及時把握啊！」秀蘭別有領會。

分享：「嗯！來找一點資料編一張學習單，讓孩子也玩一玩！」秀蘭又要催生下一波的感動了。

就是這種只有接納欣賞，沒有臧否計較的純心，使秀蘭生命的觸角多方而深入，情緣廣結而良美。她學習的海綿永遠保持在溼濡飽滿的最佳狀態，可貴的是她總不吝於擠壓才情的精華，去溫潤周遭的有緣眾生——她彈得一手好琴，用琴聲帶引學生引吭歡唱童年；她是取得合格證照的插花教授，學校重要典禮場合，都有她含著祝福的花藝在揚芬放彩；她是巧手調羹的好廚師，可以一人搞定幾十道慈濟茶會佳餚，來飽暖會眾的胃……

以學習為樂，以付出為福，秀蘭的動力活源，來自於無比堅定的宗教信仰。身為慈濟委員，她經常著上一襲深藍的旗袍，以溫柔而有力的手，扶持膚慰受苦無助的有緣眾生。又因為投入慈濟筆耕隊，使她常有機會拿著錄音機和筆記本，去採訪浮生中的感人故事——她曾與痲瘋病者殘缺卻可敬的容顏照面；曾強烈感應著器官移植受贈者堅韌的求生意志和感恩的心跳頻率；她更曾尾隨一對拾荒老夫婦的腳步，俯身於土城山區，去體驗他們在垃圾堆中惜福、捐贈所得再造福的歷程。

在悲苦中超越昇華的真實故事，總是讓秀蘭熱淚盈眶，同情理解的採訪態度，使她熱切地在電腦前，敲打出一篇篇信而有徵卻情感濃厚的傳記。敘事言情詠志載道，秀蘭真是一個稱職的故事撰寫人。

與秀蘭同在新北市板橋區埔墘國小服務的歲月裏，感受她無邊無際的慈悲心。她總說：「落地為兄弟，何必骨肉親。」其實把所經遇的人視為親人已屬不易，她更視每一位親人為好人、有情人，無怪乎她在學校總努力備課，不放棄改良方法帶好學生；同悲同喜，竭盡所能為同事分憂解勞——埔墘何其有幸，能有如此深耕厚植的她；有她在的空氣中，總能嗅聞出忘機止紛的幸福甜味！

退休前的秀蘭，已被強力預約了許多新職務——天才保母、插花老師、筆耕隊採訪、援建學校採訪……我們已預知懷著強烈好奇心和旺盛求知欲的秀蘭，必能開創更多生命的新場域。果然在精彩忙碌的退休生活中，她將慈濟大愛媽媽帶入社區小學，讓親師生的心靈藍天更為朗淨開闊；在嚴密的茶道課程中浸潤舒展，成為靜思茶道教師。

最可喜的是，不間斷地以文字記錄，作為對世間人事物感恩、致敬的秀蘭，最近還將歷年的作品彙編成書，希望將生命的感動分享給有恩有緣的舊愛新歡，並作為凝聚家族情誼的特別禮物。卻顧所來徑，書中所呈現的風光真是鬱鬱蒼蒼啊！有小女孩所張望的原鄉風情；有採訪者所掃描的大時代小縮影；有撒種人所關懷的片片福田；有佛弟子所照見的菩提淨境……細數秀蘭生命的典藏，竟是如此豐厚而多樣！

在一個悠閒的片刻，在一盞茶、一盆小植栽前與秀蘭含笑相對吧！秀蘭眨著星星一般明澈深邃的眼睛看著世界、看著你，純真的、清淨的、廣大的、慈悲的……閃耀著菩薩的眸光呢！

【自序】

回首人生來時路

《離家不遠——林秀蘭作品集》，我的人生第一本書終於要出爐了，滿心歡喜，點滴感恩在心頭。

這些文字裏，有自己走過的足跡；也有為慈濟記錄的歷史側寫——包括三十年來參與活動的心得、採訪記錄、人物專訪等。另外還收集了參與慈濟筆耕隊由陳美羿老師指導、陪伴採訪、嚴格要求下繳交的作業——小品文、心情小語，以及在《慈濟月刊》和「慈濟道侶叢書」發表的文稿。

感恩美羿老師——上課之初，即提醒我們文章要收集，後來外加分類，多年來我才能留存這些有意義的文字稿。

感恩編輯團隊——在我分類雜亂的文章中幫我爬梳，從筆耕初期文稿歡喜打開了「一雙文字翅膀」；藉學生眼睛反觀自己的靜思語教學生涯是陣陣「杏壇銅鈴響」；慈濟因緣路上輕吟著「美與善之歌」；人物專訪記錄著一張張「不凋的容顏」；指導後代的短章閃閃是「童心晶瑩」……編輯似懂我心，清雅又達意的標題，令我感動佩服。

小時候沒有課外書可讀、沒有電視可看，因此踏足鄉間小路，迎風吹來陣陣稻花香、青草香，遠望寧靜山上白雲飛，可窺見白雲之上的藍天，真的好美！這是大自然給我的一本最好的書。

十二歲出遊到離家七公里遠的大林鎮上，生平第一次走平交道、第一次聽到「噹！噹！」的柵欄警示聲，嚇得站在鐵軌上不敢動，幸好鐵路局員工衝出來救了我，讓我生命的扉頁可以連篇續寫。

膽小的我讓「沒自信」長期纏伴，走入慈濟後，才體悟到「能付出就是福」、「眾生平等觀」，因而知緣、惜緣，生命變得歡喜自在。而參加慈濟筆耕隊更豐厚了我的生命素材，書寫的筆也得到磨練……

記得，美羿老師領軍的「慈濟筆耕隊」成立大會當天，證嚴上人在開示中問：「你們都會說話嗎？」大家全舉手。

上人又問：「你們都會寫字嗎？」大家又全舉手。接著，上人輕柔地說：「那麼，大家都會寫文章了！」回家後，我手寫我口，以感恩心完成長篇的〈慈濟因緣路〉，被刊登在《慈濟月刊》。

從此，跟隨美羿老師近三十年筆耕路，走過九二一地震、象神颱風、慈濟周年慶、義賣活動、希望工程專書、樂生院、人物專訪……

美羿老師經常在我的寫作上給予精準又富禪機的提點，記憶深刻的是，當年曾寫了一篇很長的文章交給現場批改的美羿老師，她只瞄一眼就遞給我一篇一百多字的短文，說：「你看一下這篇文稿！」雖短短一百多字，看了卻令我感動。當下體會很深：「一篇好文，不在文長，而在於感動別人；要能感動別人，必須先要感動自己。」

每次回花蓮參加慈濟大型活動，無論寫花絮、人物素描、人物專訪或五千字以上的專題，在美羿老師的「操兵」下，筆耕隊員都會全力以赴，希望能握住每一個難得的因緣。

而今翻讀篇篇舊作，生命的軌跡如此清晰。昔日是造句謀篇的作者，現在成了品味自己人生的讀者，回甘的幸福不斷在心中湧現，而經過歲月網篩，自己教育的理念更為精純，曾經凝視過的受訪者面容，也有更深刻的意涵……

師專畢業後，我從事教職三十一年。未進入慈濟前，一樣的教書，卻找不出教書的歡喜；進入慈濟後，接受上人教導，用靜思語教學，一樣的教書，卻在教育中找回生命價值，找回教育生涯的春天。

「用慈母心對待學生，用菩薩心對待家人」，是證嚴上人對教聯會老師們的期許，這句話適用在家人和學生身上，足夠我們學習和受用一輩子。

於是，用「愛」和「鼓勵」替代教鞭，每個孩子都是父母和老師的心肝寶貝。我們共同搭起了「親、師、生」之間的橋梁，齊走在「愛」的學習道上；親、師一起耐心地等待孩子們的成長。

二〇〇四退休那年，上人對我們這群退休老師說：「你們都退休，我向誰退休？」於是退休的教聯會老師們，全都回流校園當起了大愛媽媽，繼續承擔教育使命。

教育不能等，孩子的教育更是不能，只要有心，處處是教育；握住每一個機緣，幫助每一個有緣人，讓人人「人生」圓滿。站在一個追逐「圓滿」、「家人共成長」的概念上，可觀察出教育的重要性，一時一點滴的「漏失」關懷，可能需用大半輩子的時間來修補。孩子是我們今生的貴人，必須以智慧去疼惜。

即使在完成人物專訪的多年以後，主角的善行善念仍持續滋養著我……最感動的一次人物採訪經驗，是臺灣首例非親屬骨髓捐贈者葉美菁，她面對受髓者需及時決定的勇敢態度──「當時，我完全沒有說『不』的權利，也來不及與家人溝通，我知道，魏小弟弟如果不馬上移植骨髓，只有等待死亡……」

也難忘一次雙颱剛過的清晨，先生載我繞過重山、經過多處坍方，到梨山採訪王玉鸞。王玉鸞指著坍方處掉落溪谷的一部白色驕車說：「感恩菩薩照顧我，剛買的新車和白色驕車原本併排停放，臨時回南投參加喜宴，新車逃過坍方。」「付出，冥冥中都會得老天爺護佑。」「布施不是有錢人的專利，而是有心人的參與。」從王玉鸞身上，我印證了這句話。

還記得，第一次與全身刺青的更生人接觸，恐懼得讓我無法採訪。試著突破自我障礙，到第三次採訪才談到正題。「人性皆本善，清淨愛永存於心」，主人翁隆仔的故事，值得為人父母以及人師者借鏡，如證嚴上人所說：「沒有教不會的孩子，只有失職的父母和老師。」

「嗶！嗶！嗶！」前些日子，第一次使用老人優待卡，有人說它是「三聲無奈」，我卻說是「三生有幸」，因此時的我，正品味著辛苦過後的回甘人生。人生如茶，茶水入口會苦一下子，卻不會苦一輩子；人生如茶，關關難過、關關會過，苦盡終會有回甘時。

回想一九九三年冬，大姊意外往生，同事、同學、慈濟人愛的陪伴，才使我從人生最低潮的悲痛中走出來。「文字可以療傷」，療傷的日子中，我選擇在家裏也可以做的「筆耕福田」。於是，走過的苦已忘，正向的文字在書中，是成長的道糧，回味起來苦亦甘。

生命有甘苦，最重要的是常懷感恩心——

感恩證嚴上人的慈悲願力，闢化慈濟廣大功德田，使我得以在其中洗滌自心，心清，看人事更清澈，豐富生命、豐富人生；

感恩美羿老師在寫作的啟蒙與帶領；

感恩敬愛的受訪者，因為有您的好，才有我筆下的動人文章；

感恩，愛我護我的良師益友——埔墘國小吳寶珠校長、林萬來老師、張麗玉老師；

感恩王祝美老師為我在埔墘最美的身影留下文字記錄；

也感恩成就我的家人、護持我文字筆耕，願陪我上山下海的大護法——我的另一半陳世勝。

祝福今生與我相遇的每一個人，你們以慈悲智慧為我圈圍出一片有情天地。是我成長、歇息、身心安頓的家。我永遠會記得你們的好，祈求人人健康、家庭圓滿。而品味回甘人生的我，會把握珍貴人身，惜緣、惜福，再造好因緣。我知道只要用心願行，圓滿清淨的家園就在眼前，一點也不遠……

輯一

一雙文字翅膀

在他們身上有一雙翅膀長出，
自由地展開，詩神的燦爛容光
從他們中間顯出來：她從寶座上
俯視著種種我無法描述的景象。
只要我意識到我在什麼地方，
睡眠就遠離：尤其是在我的心裏
一個個思想接踵而來，燃燒起
滿腔烈火；以致於我整夜失眠，
直到吃驚於晨光已照到身邊；

我起身，直感到新鮮，愉快，歡樂，
打定主意從這天就開始寫作
這些詩行；至於詩寫得怎麼樣，
隨它去，像父親聽任兒子去闖蕩。

濟慈・一八一六年

離家不遠

從板橋到嘉義大林的老家，有一段路程。

大約三十年前，師專剛畢業。當時火車一票難求，加上節儉，能搭上慢車已很滿足。拿張報紙，鋪在地板上，搖搖晃晃坐在如擠「沙丁魚」的慢車回家。一趟路程，足足八個小時。

北上擔任教職，一年難得回家一、兩趟。尤其婚後有了孩子，離「家」就更遠了。幾十年來，我無法體會母親對女兒的那分期盼，一直到認識徐木水醫師。

那年二月，我接獲採訪慈濟人醫會徐木水醫師的任務。

憨厚真誠的徐醫師在人生路上歷盡艱苦，走入慈濟，參加人醫會義診，更啟發他悲憫的心。三個小時的訪談中，徐醫師數度感恩陪伴他成長的人，並且因回憶而感動落淚。

談到他的大姊捨棄求學的機會，工作賺錢供給弟妹們學費。徐醫師含著淚說：「因為有大姊的犧牲，我們這些弟弟妹妹才能個個高學歷……」

徐醫師第一次參加慈濟國際義診，看到有位婦人背著兔唇的小孩，匆忙趕遠路來就醫，那一幕讓徐醫師徹夜難眠。他想起小時候，母親為了醫治他的百日咳，背他到處求醫。彷彿影片倒帶般，往事幕幕浮現在他的眼前。他等不及天亮，為的就想撥一通越洋電話，親口對母親說：「媽媽，我愛您！」

一句「媽媽，我愛您！」深深觸動我內心深處；那之後，我決定每個月回老家一趟，探望母親，陪伴她到大林慈濟醫院看病。

每個月的第一個週五下班後，我盡速完成工作，搭車回鄉下老家。

週休二日前的票很難買，自強號仍如三十年前的慢車，擠得側身都難以通過。鋪張紙，坐在地板上，恍若回到從前。車上，想著童年往事、想著家鄉，以及母親蹣跚的背影……

回到家，夜幕低垂，母親猶守著家門等我。

大林慈濟醫院，矗立在嘉南平原上，環境幽美，如大公園。平日附近民眾都來散步，欣賞美麗的景觀，宛若一座愛的地標。

每月第一個週六上午，是花蓮慈院名譽院長陳英和到大林慈院門診的時間，陪伴八十四歲母親看診，成了我每個月的固定功課。

看到我扶著母親下車，志工迅速推來輪椅。母親很不好意思地坐上，也學著志工們回應一聲「阿彌陀佛」！

慈眉善目的陳英和院長為母親做檢查，報告很快就出來了，母親沒有什麼大問題，只是因為老化所致，醫師開了保養和止痛的藥。

母親的身體痠痛已經幾十年了，每次我回家她總是說：「吃藥也沒比較好，不要再去看了！」但很明顯的，母親雖然仍撐著枴杖，卻已經不像之前容易跌倒。

人老了真像個小孩！

小時候的我，對母親又敬又畏。如要出門或出去玩，一定得先徵求母親的同意。母親的眼神，威嚴十足，她說一，我絕不敢說二。

現在母親病痛在身，還一直說不想去看醫師，我就半哄半騙。等車子來到門口，母親不好意思讓人久等，就自己上了車。

突然，我發現了母親的「口非心是」。

想到以前，母親常常對我說：「臺北那麼遠，孩子又小，坐車要那麼久，不用常常回來。」我是個聽話的女兒，竟信以為真。

從此，我不想再聽她的話了！

六月時，回老家後比平日提早離開，去斗六醫院探望小舅媽。八十歲的小舅媽年初突然一陣暈眩，中風頭顱開刀，一直昏迷不醒。

母親難過地憶起從前：「你爸爸不太會種地，真虧有兩個舅舅幫忙。農耕時，大舅先來犁田，接著小舅帶人來播種。鳳梨、竹筍出產期，舅舅騎著腳踏車，一籃籃載來給你們吃，還好有兩個不會計較的好舅媽……」母親說著眼眶溼潤，她很想親自去探望小舅媽，但是行動不便，於是催著我趕快去。

多次來探望小舅媽，當我直呼：「舅媽！舅媽！」她總是緊緊握住我的手。我再大聲叫：「舅媽！舅媽！睜開眼睛看我！」小舅媽的眼睛眨了一下，慢慢地睜開一點點。她知道我來了！每次離開我都要強忍住淚，實在不願意把她的手從我的手心移開。

在鄉村長大，綠綠的田野，顯得特別美；人與人之間濃濃的情，更是化不開，宛若一個大家庭。

當年，人人都是我的長輩；不是「阿叔」、「阿嬸」就是「阿伯」、「伯母」。他們看著我長大，我也受到他們的疼愛。

很自然的，每次回家都會順道到這些長輩家裏看看。歲月在他們身上刻畫許多痕跡，有的拿枴杖，有的無奈地躺在床上，子女們大都離家工作，請了外傭照顧老人家。老人家都還記得我，我拉拉他們的手，看到病苦中孤單的長輩，溼濡的雙眼，令人心疼。我真不知道能為他們做些什麼？心中只有默默祝福！

相形之下，母親就幸福多了。她堅持獨居且不要外傭照顧，「你哥哥和嫂子們都要下田工作，等我做到不能做再說。」我的四個兄弟中，除了三哥外都住在老家旁邊。

家住臺中的三哥，每週六必回家探望，還把母親的冰箱裝得滿滿。母親為著冰箱內的存貨，必須天天動動身體煮煮飯。

每當回故鄉，總是懷著一顆感恩的心，感謝嫂子和兄弟們對母親的照顧。當我陪母親到醫院門診時，也順道為嫂子和二哥掛號。

八月我又回老家，突然發現母親不用枴杖也能走到二哥家。附近一位臥床的阿嬸見到我時也說：「你阿母來看過我。」母親的行動進步了。

到大林慈院，母親自己走進陳英和院長的診間，我感恩得不知該說些什麼。

坐在回程的火車上，我的煩惱放下了！

窗外一閃而過的山，特別美；低垂的夕陽，也格外耀眼。

離家不遠，真的不遠！

期待

重重山峰繚繞，遠山近景，顏色分明。高山、丘陵到平原，顏色由深藍、深綠、淺綠到土黃，真是美極了！

小時候曾到過丘陵地的最高峰，從那裏向下望，像溜滑梯似的，最後是一片綠野平疇。記得那時候，大人告訴我那重重的山峰，就是中央山脈；而這一片綠野平疇，就是大林。多年後，大林慈濟醫院的用地，就在這一片綠野平疇中，地上本來是一大片甘蔗園。

甘蔗園旁有一條「小分啊鐵路（窄軌鐵道）」，用來載運甘蔗到糖廠。那兒人煙稀少，我的大姊就嫁在「小分啊鐵路」旁的小村落。婚後，大姊隨夫婿的工作，遷往臺北居住。

家中成員單純，只有姊夫、姊姊和孩子。姊姊的家，成了南部親戚往北部謀職過度期的「客棧」。有的一住幾年，並且在姊姊家用餐，而賺的錢竟然是自己的私房錢，我就是其中之一。

姊姊的肚量寬大，對娘家的人、夫家的人都一樣，對父母親更是至孝，有任何東西一定會想到老人家。

這樣一個好姊姊，難怪母親日日思念著她。

大姊在高速公路上意外往生。當初家人接到消息，如青天霹靂：一部自用小轎車，載著二哥剛結婚的女兒和女婿，以及大姊和姊夫。四個人同時離開家門，只獨留重傷不省人事的姊夫。親朋好友不斷找尋良醫搶救，住院一個多月，終於搶回生命。

一下子失去三位至親，大家都非常悲痛，其中最傷痛的人就是母親。母親天天守著家門，坐在木凳上，看著姊姊給她買的、方便老人家使用的日常用品。睹物思人，一天哭泣好幾回。短短幾個月間，母親頭髮都白了。

姊姊往生三年後，大哥又往生，家人被帶入愁雲慘霧中。大嫂喪夫之痛，母親則是喪子之痛。

傷痛壓得我都喘不過氣來，母親又如何承受得了？最後，母親病倒了。全家人為母親的病情驚慌不已，在不知如何是好時，聽說證嚴上人行腳來到大林慈院工地，我於是帶著母親去見上人。

見到上人的那一刻，我和母親泣不成聲。我跪在上人面前，母親則是摀著臉痛哭流涕。這是我第一次看到母親如此傾洩情緒，就如受傷的孩子找到可以依怙的母親。

上人輕輕地說：「祝福你！」一聲祝福，裝著滿滿的愛。

家人期待著醫院落成，期待濟世的醫院早日開幕！

開幕前幾天，帶著家人和母親到醫院參觀。繞了醫院一周，坐電梯到頂樓觀賞四周的景觀。曾幾何時一片綠野平疇，已是一座雄偉高聳的救人醫院。

歲月彌補不了傷痛，更彌補不了母親對子女的思念。母親蹣跚的步履，好似走不動了。於是我陪著母親，在大廳吃著師姊們端來的平安湯圓。

平安湯圓中，帶著母親的期待和我的感恩。

拾荒老人

我的奶奶，個子瘦小、勤勞節儉，走起路來速度快，身上常背個麻布袋……

奶奶往生時，我十九歲，正讀師專，住在校舍。一天，家人打電話到校，要我馬上回家，看奶奶最後一面。

爺爺過世得早，小時候總是我和姊姊陪奶奶睡。當時奶奶總先叫醒姊姊，並在姊姊耳邊輕輕說：「不要吵醒你妹妹，讓她多睡一會兒！」我故意把棉被往頭上一拉，偷偷聽著她們的對話。「都那麼疼她！」姊姊很不耐煩地起床，口中念念有詞。

奶奶的職業是收「破銅爛鐵」，就是「拾荒」，也是今日所謂的「資源回收」。

四合院的家，後院有七棵大芒果樹，芒果樹旁的小茅屋，是奶奶的環保屋。每天清晨四、五點，她就起床，拿竹掃帚掃落葉到「糞堆」做堆肥。接著到屋裏，吃煮好的熱稀飯後，就拾荒去。

上午十點多，汗流浹背的她，背回一大麻袋東西，裏面有鐵絲、玻璃碎片、破布、生鏽的破銅爛鐵等。當時因有奶奶拾荒，家居四周的土地潔淨無比，我們喜歡光腳嬉戲大樹間，不愁被玻璃碎片刺到腳。

離家不遠處，有個新兵訓練中心，常有人將鐵罐、玻璃罐等扔到牆外。奶奶說，早點出門才不會被人撿走，也不怕被太陽晒黑。假日時，奶奶會要我陪她一起去，因為新兵休假不能離營，和家人面會後，丟出的鐵罐特別多，奶奶撿拾，我負責背麻布袋。

有次，我們為了撿一個破鐵罐，超越鐵刺圍成的界線，而被帶到軍中指揮部，膽小的我嚇得渾身發抖。最後，營中聯絡擔任里長的父親保我們回家，我想當時阿爸一定覺得很丟臉！

奶奶省吃儉用，一個荷包蛋加醬油配稀飯可度三餐。個性獨立的她，不願向孩子伸手，於日治時代即留有許多「龍銀」藏在甕裏，備當「手尾錢」，並交代最信賴的媳婦（我的母親）：「我過身後，記得把這些龍銀分給子子孫孫。」

母親依遺言分配，每人兩個龍銀當紀念。我結婚時，母親將兩個龍銀用紅紙包好，對我說：「放在皮箱最裏層，這是奶奶給你最好的嫁妝。」我視如珍寶，因為它，可尋覓到奶奶樸實的身影！

鄉間小路

小時候，能到學校讀書是一件非常快樂的事。

記得村裏城隍廟旁，有兩間水泥建築的小屋，就是我小學一、二年級時的教室，它同時也是村里長和幹事辦公的地方。

上了三年級就得離開村莊，到校本部去上課。三公里的路程，每天和同學們一起到學校，手上提著布做的書包。書包很小，裏面只裝了三本書和一枝鉛筆。

三公里的路，對於小小個子的我們來說，是一段很遠的路程。因此，我們會邊走邊跑，男生會跑得更快，讓一群女生追不上。

有時候，大家會走田埂抄小路，田埂上長長的草八面埋伏，有蛇、有青蛙……水中更有許多不知名的小蟲，叫聲像「阿珠！阿珠！」我們叫牠──「豆油糕」。

有一次回家路上，班上的男生故意衝得好快，又要過小路、走田埂、跳水溝。大家把腳上的塑膠鞋提在手上，「衝啊！衝啊！」我跑在最後，根本追不上他們。

「哇！」「有蛇！」就在我的腳上。

用力一踢腿，蛇掉下來了！我使盡了「吃奶力」往前衝，超越了那一群「死同學」。

回到家，嚇得說不出話。媽媽臉上滿是愁容，卻不知道怎麼安慰我，只好請奶奶幫我「收驚」。

奶奶拿了一碗米和一塊布，把裝滿米的碗用布包起來，在我的胸前撫了幾下，口中念念有詞，然後把布打開。

「米凹凸不平，驚得很厲害，要多收幾次！」奶奶說。

真的如奶奶所說「驚得很厲害」，蛇吊在腳上的那一幕，深刻地烙印在我心中。

奶奶不但是收驚高手，還會「符法」，每當有人被魚刺哽到喉嚨，都會找奶奶「化符」。奶奶拿張化符紙和一碗白開水，用化符紙在患者脖子上揮一揮，口中念念有詞，然後把化符紙燒了放進白開水裏，讓患者服下。奇怪的是，還真管用呢！

如今，老人家已經不在了，鄉間的小路也不見了。但鄉間小路、臭男生、收驚、化符、奶奶，仍一幕幕……

活生生的教材

對老人家，多一分了解，就會多一分包容。

婆婆是養女，公公受日本教育，有大男人作風。

婆婆曾出車禍傷及左腦，失去語言溝通能力，只能說幾個簡單的語詞。五年後公公過世了，婆婆不得已離開花蓮老家，到臺北來和孩子們同住。

車禍前，婆婆對公公唯命是從，公公說什麼，婆婆都是「嗨！嗨！嗨！」車禍後，婆婆變了一個人，幾十年的壓抑全傾洩在公公一個人身上，公公受不了曾說：「以後和孩子們住，你們就知苦了。」

解除壓抑的婆婆，長期的胃病突然好了，身體也比以前健壯。住臺北五年後，除了腳關節退化，沒有感冒過，冬天給她一件大棉被，她收起來只蓋小毛毯。

能夠健康，除了紓解壓力外，重要的是勤勞和喜歡動。婆婆勤勞好動，她很早睡，清晨兩、三點就開始「喀！喀！喀！」動個不停，整棟房子都是她的天下。

她想做的事，誰也管不了。小到枕頭套的小破洞，她都找得到，用粗粗的線縫了那個小破洞；誰的衣服口袋漏了縫線，她也都找了出來縫一縫。

多年前嫁過來時，婆婆曾對我說出她存錢的絕招——找公公的小口袋。婆婆的私房錢，成了花蓮老家過年時新添的一件件軟綿綿的棉被。

人老化後，心智年齡真的變小了，習氣也留下來。家裏的小口袋，甚至先生存的愛心撲滿，都成了婆婆存錢的祕密基地，她很聰明地不留痕跡。

孩子吃的東西，婆婆一定要一模一樣，孩子喝果菜汁，婆婆也要喝果菜汁。乖巧的孩子們，自己吃東西，一定會想到買奶奶的一份；吃飯時，也會先請奶奶用餐。

婆婆說的話沒人聽得懂，但是孩子們還是很有耐心地聽著。看著孩子和婆婆對話，我對孩子說：「人老了都會返老還童，以後爸媽和奶奶一樣老了、變幼稚了，你煩不煩？可要像對奶奶那樣對待我們喔！」

證嚴上人說：「父母是孩子的模。」與老人家同住，一言一行子女看在眼裏，實在是一本活生生的好教材。

一束小白菜

上市場買菜，對平常人來說是一件很容易的事，但是對婆婆而言，卻不容易。

婆婆出車禍腦部受創，開過兩次刀，能夠活下來已是不幸中的大幸。車禍後，公公總是把婆婆當病人看待，不願意她做任何事，廚房的事更是不用說了。

婆婆搬來臺北和我們同住後，我們果真嘗到無法溝通、難以理解的滋味。婆婆要適應新環境，又飽受對公公的思念之苦，還要守住她的錢財，日子真的過得好辛苦！

身為子媳的我們，又哪能多好過呢？面對境界，我們當作自我修行，只好以對待「老小孩」的心態，耐心地陪伴婆婆。

經過一段時間的衝突和認知後，我才知道如何包容、善解。更和住家對面的慈濟志工陳師兄合作，請求他家師姊帶婆婆出去掃街服務。

掃街之後，里長夫人會擺出點心，感謝大家的辛勞。彼此互動中學會感恩，婆婆在這種情境下，終於跨出她的第一步！

經過一年後，婆婆改變了，不但走入社區做掃街志工，也參加慈濟社區環保志工。婆婆的心靈，由小小的家慢慢步入社區，愛變大了。她還學會上市場買東西。

從事教育工作的我，經常抽不出時間上市場，家人因此難得吃到新鮮的蔬菜。有一天突然想到了婆婆，就問她：「你會買白菜嗎？」她點點頭。第二天，家裏的冰箱果真有了一束小白菜。

那一天，我非常高興，婆婆也非常高興。我們家終於可以吃到新鮮的蔬菜了。

上雲仙

週三下午，忙碌之後難得的一個補假，我與先生出遊。他邀約寶貝小兒子昱辰，野外追逐美麗的映象。

因為兒子一派清純，老爸總喜歡把他當作主角攝入鏡頭。父子倆感情一好起來，就忘了我這老媽子的存在了。於是我追逐著他們，一起上雲仙去。

雲仙之美——滿樹火紅的櫻花，婀娜多姿的綠樹吐著新芽，小鳥在嫩綠的枝頭上輕唱；清澈見底的湖水，小船、人家、戲水……

踩著大自然的美景，猛吸著潔淨靈氣。坐在石階上，靜思著——幾天前，凝神寫書法的寶貝兒子，突然轉頭對我說：「媽媽！你們大人真奇怪，一點小事也在生氣，好無聊喔！」

前些日子，我和先生鬧脾氣。看到自己那顆起伏的心，不是慈悲，不是智慧，簡直是個幼稚的小孩；相反的，兒子一派成熟穩重。我和先生不和樂，兒子這樣說：「你們之間的事，與我何干！」他繼續專心地寫功課，臨摹書法帖子。

在雲仙，看著他們父子倆，坐著來往的纜車、追逐著映象之美，我的心突然寬廣多了。

大自然留了很多「空」間給人；我們的心，也該多留「空」間，去容納他人。

雲仙靈淨之氣，洗滌過的心，但願能長久明淨。

秋楓葉紅

暖冬，秋天楓葉紅得遲。元月天的「烏來內洞森林遊樂區」，楓樹紅葉落滿地，美得讓人不由得駐足。

一片紅葉輕落苔石上，旁邊一株粉紅鳳仙花，兩相比美。片片楓葉落得滿地紅，把大地編織成一個自然圓，遊客不捨破壞這天造之美，舉足間，人人輕輕路過。「來！照個相吧！」留下了我和外子第一次到內洞的足跡。

人生有如一個「圓」，圓缺、圓滿都是美。

好幾年前就聽說內洞很美，也幾回到烏來賞櫻、泡湯，但總走不到內洞來。這一回，由我主動請外子帶我到內洞，他說：「陰天呢！」我說：「陰天沒陽光，爬起山來才舒服！」

「你又沒準備資料？」我說：「資料就在人的嘴巴上呀！」車子往烏來方向開，果真一路上都有指標，「你看，有心一定走得到！」

陰雨路滑，我堅定要爬上山頂，試一下體力。「這邊的路，比我去合歡山的路還難走，你還要上去嗎？」我喘吁吁地說：「要！都來了，總要到達山頂。」外子看著我堅決的模樣，我走在前他走後面，我把雨傘當枴杖，一蹬一蹬的，終於爬上山頂。

甘薯、豆干，配兩個美美泡茶組，倒入熱茶，成了天仙一對美佳餚。

發現幸福

花，可以美化心靈，插花時，更能讓紛雜的心沈澱，進而發現自己的幸福。

花道老師劉淑靜在第一次上課時說：「插花，最重要的是，要有一顆寧靜的心。」當時的我還無法體會。

那日我插了一盆花，高高猴梨蔓配上兩朵紅火鶴當主角，淡黃色海芋旁插上一小撮紫星辰為用，正真是粉色噴亮的乒乓菊，搭配其他綠葉與花。主、用相對的姿態很美，讓我的心也跟著沈澱下來。

「你很幸福耶！」用心之餘，劉老師的聲音在我耳邊輕輕響起。她是第三位點醒我，讓我發現自己很幸福的人。

第一位是慈濟筆耕隊隊長陳美羿。那次參與新店慈濟醫院的採訪，陳老師帶我們上網找資料。

「電腦速度怎麼那麼慢！」我很小聲地嘀咕。

「看你先生是學什麼的呀？」一旁的陳美羿說。

於是，腦中浮現——電腦未存檔，半夜當機，叫醒熟睡中的外子，他一副睡眼惺忪地走向電腦……這些景象，我總認為理所當然。

第二個人是筆耕隊最年長的隊員杜紅棗。她到我家時，第一眼看到外子就直讚歎：「學理工的男人都比較不會說好聽的話，你先生是個老實的好人，要惜緣喔！」

外子參與慈濟大學的慈誠爸爸後，把在慈大學習的那分「得與德」帶回了家，讓家中充滿溫馨和歡樂。

證嚴上人說：「有心就有福，有願就有力。」走入慈濟多年，發願與有緣人分享慈濟行善的喜樂，更學習把別人的祝福收下來。能夠發現自己的幸福，心中無限感恩。

望著已完成的這盆花。花美，心也很美。

給女兒的信

親愛的寶貝女兒：

真的辛苦了，媽媽很捨不得你早出晚歸。

爸爸說，是媽媽要你去體驗一下上班的辛勞。其實，看到你第一天上班回來時那麼累，媽媽很捨不得，和爸爸一直想著如何為你解決問題，曉凌大嫂更忙著為你看車，大家都很關心你。

今天媽媽起晚了，沒吃到「媽媽味道」的早餐，真對不起；以後我一定會比你更早起床。看著你那麼早就起床、又坦誠對待你的朋友，媽媽真的很欣慰，覺得我養了一個很有責任感的女兒。

有了這樣的態度，媽媽相信你一定會有因緣找到喜歡的工作，並且

步步高升。祝福你

笑臉迎人

事事如意

p.s.假日留點時間，請爸爸陪你練習開車，經驗老到了，

才可上路呀！

媽媽秀蘭　2004.9.20

***

寶貝女兒，你是一個有福的人。

能找到這樣一個好的家庭和夫婿，媽媽為你高興。這也是你的福氣，更要懂得惜緣和惜福。

爸媽送你的六樣禮：靜思小語（智慧）、金銀雙筷（快樂）、全新生活（健康）、針線寶盒（勤儉）、五穀豐收（財富）、靜思茶壺（幸福）。希望能化這有形為無形，用心實踐於日常生活中，讓智慧、勤儉、快樂、健康、財富、幸福，永遠伴隨著你。

家，是需要用心經營的。一分耕耘，得一分福；十分耕耘，得十分福。家庭幸福，就在與人相處，懂得感恩、尊重和愛中，點滴堆砌而成。因此不懂就要問，更要學會善待自己，才能善待和關愛他人。

古早人說：「一間厝，最重要的是要有灰分（閩南語，炊煙），代表這家人很幸福。掌廚的雙手，掌握了家人的健康，也主宰了家人的飲食習慣。」一值得慎思的一段話，因此「不會，慢慢學就會了」。

要多學習婆婆的寬宏大量和夫家人的好；要常回娘家分享家庭幸福和人生的喜樂。

祝福健康圓滿

愛你的爸爸媽媽　2011.10.30

憶姊夫

第一次見您，是在鄉下老家。人群中的我，攀爬在客廳窗外，窺見您相親的羞澀樣。經母親首肯，幾次和大姊約會出遊後，不久，你們就結婚了。

婚後，兩人拎兩個大皮箱北上定居。租屋板橋南雅市場附近，屋子簡陋，沒有冰箱、電視，更沒有舒服的沙發……

我讀師專的一年暑假，母親允許我和你們同行，興奮地穿著借來的上衣和咖啡色兩片裙，踏上畢生第一次的臺北行。當時的您讓我感覺到：屋雖簡陋又小，但人情溫暖，因為您把我當成了家人。

你們的大兒子志賢在這兒出生，母親來為大姊坐月子。「沒冰箱，怎麼辦？」聰明的您，想出用大水缸置入冰塊充當冰箱來儲存食物。

一九七三年你們搬到現址。師專剛畢業的我，因有得依親，志願選填臺北，隨後住進這個家。您一人賺錢養家很辛苦，大姊也不賦閒在家，什麼錢都想賺、什麼都要省，納會賺利息、種菜養雞，與您一起經營這個家。

新家兩層樓，一樓自住，閒空的二樓兩房，一房放置兩張鐵製的雙層床，另一房是通鋪，專供南部北上來的租客及親友住宿；多年來，兩房沒有空過。親友團比租客多，包吃包住還不用付房租，直到一個個獨立了才離開。這兒於是成了南部親人在臺北共同的家。

您和大姊是如此克勤克儉又寬容。尤其是您，穿著不講究，待人隨和，永遠敞開自家大門，左鄰右舍人來人往，工作之餘泡茶聊天。當時，大家都稱呼您「阿草啊！」

剛搬新家，唯一的孩子是寵兒。會裁縫的姊姊，為志賢製作最精緻的衣服，記憶中有件皮衣天下無雙，穿在志賢的身上好可愛喔！不久，佳紋、佳紘、志成相繼出生，志賢就不再那麼受寵了，因為大姊認為老大必須當弟弟、妹妹的模範。

大姊用最嚴苛的教育方式，教育孩子學會對自己負責。她始終認為安全第一，學校近就好；也認為責任、態度、習慣比分數更重要，因此不曾因為功課或分數責罵孩子，而專打對長輩頂嘴、無理，常掉東西、管不好自己的不負責行為。

每天清晨，大家上班上課前，餐桌上已擺滿豐盛的早餐，稀飯配自種的青菜、醬瓜、饅頭、豆漿……掌廚的大姊卻不見人影，原來忙著到空地種菜去了。房間門邊放了一個裝滿錢幣的小鐵桶，讓孩子自己取走當日車資及零用，吃飽拿好，一個個出門去。

現在中和的青年廣場、四季紐約、環球購物，當年是一片空地，任人各占一方，大姊種有冬瓜、南瓜和各類青菜。記得您辛苦地從北部開著小貨車，載了特選的大冬瓜回鄉。母親將冬瓜分贈親友，一眨眼，冬瓜只剩一小段，大姊氣得跺腳。

從小失去母愛的您，視家母如親生母親，每次陪大姊回娘家總是大包小包，購置各類用品和衣物。過年孝敬母親的紅包也特別大，不善言辭的母親常感念在心，乘機再回包給孫子。後來我結婚了，大姊對我說：「女兒和兒子一樣，對父母都需要盡孝。」我永銘在心。

姊姊很疼我，您也寬宏包容我，讓我在婚後還把你家當成免費托兒所。母親生我、育我二十年，而您和大姊也照顧了我整整二十年。這二十年，我懵懂無知，總認為有大樹可依恃，天天無憂無慮過日子。

一九九三年，一天清晨志賢來電：「爸爸在醫院！」我問：「媽媽呢？」「我不知道！」當時我心裏已明白，大事件發生了。

大姊走了，您開始穿起圍裙下廚，父兼母職。那時，志賢讀研究所、佳紋念大學、佳紘讀高中、志成才國三。三年後，您想再婚，正好志成高三，我求您等志成考上大學再結婚，您答應了。再婚娶了一位賢淑佳人，真為您高興。

人生真無常，才幾年，車禍後遺症導致小腦萎縮，飽受病苦折騰。病苦中，沒看過您生氣，雖戴著呼吸器，還是希望回鄉探望親戚老友。

孩子為了滿您的願，媳婦連同孫子全程請假陪伴，讓您帶著呼吸器出遊，從您的大姊家先拜訪，接著到您的二哥、三哥家，最後才繞回祖厝拜訪您的大嫂。探望所有您的親人後，再回娘家探望我年邁的母親。這一趟旅程您好歡喜，忘了自己是病人。但是子媳們繃緊神經，抱您上下車，一路好辛苦。

元宵節前一天，晚上七點還幫您翻身，七點半救護車來，送醫已不治。遺體回到家中，兒孫和夫人圍繞在側，在社區慈濟人的祝福念佛聲中，安然去了西方極樂世界。

這一夜，家人至誠的念佛聲不斷，輪班陪伴著您，直至隔日下午入殮。您的三位小孫子，小學二年級的亞哲、小三宜恩、小六宜倢，自動輪流守著您，這分至誠心，深信佛菩薩一定感動。

為您更衣的那一刻，人人紅了雙眼、含著淚珠，沈浸在禮儀師引領的佛號聲中；輕柔地為您拭身，看到志成為您擦臉那一幕的敬重，我感動不已，最後忍不住衝回家飆淚。

姊夫，您真的很有福報，對您，在我心中只有感恩。

阿豪與母親

二〇〇四年八月，越籍阿豪初到我家，母親高齡八十八，阿豪才三十歲。

膚色黝黑、打赤膊、穿短褲、頭戴斗笠的二哥在門口迎接，沒有告訴阿豪他是誰。阿豪擔憂了一整夜。

事隔三天，身材高壯的三哥從臺中回來，同樣沒有自我介紹。一個月後，我回家時也只和阿豪點頭招呼。人生地不熟的阿豪不敢多問，一直不知道阿嬤的親人有哪些。

這樣離譜的一家人，讓語言不通的阿豪擔憂了好久好久，每天暗地裏流淚、想家，吃不下飯。

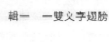

倒是貼心的母親，視她如自家人，煮好飯一定等她一起用餐。阿豪不習慣和雇主平起平坐，母親不習慣自己先吃，相互禮讓間，「我不吃飯，阿嬤也不肯先吃飯；後來我哭了，阿嬤也跟著我哭了。」阿豪說。

兩個月後，鄰居也找了一位越傭。母親知道後，主動對阿豪說：「去找你的朋友吧！煮飯時間回來就好。」如此阿豪有了朋友，臉上才開始有笑容。

事隔七年半，母親過世後，阿豪才告訴我：「其實阿嬤那樣說，我反而不敢離她太遠，因為阿嬤是好人。每回我出去一下，騎騎腳踏車、看看風景，偶爾找朋友，很快就回來了。」

阿豪在我家是「老大」。她真心對待母親，很了解母親，所以我得聽她的！

我家有了阿豪，成了越籍友人聚會所。每當夜晚，越籍新娘阿桃、朋友阿香和其他人，都會來找阿豪聊天。曾聽阿豪對阿桃說：「你已經嫁到臺灣來，生了小孩，孩子需要你，要努力賺錢、存錢，養你的小孩和家，臺灣才是你的家。」

一天，阿豪突然問我：「如果朋友成了違法勞工怎麼辦？」我不疑有他回答：「趕快請她去警察局報備呀！對她會比較好。」

事隔不久，家中突然來了兩位警察，一位跑到二哥家，一位走進母親房間，就在阿豪床上找到那位違法勞工。越籍勞工被遣送回國，身無分文，阿豪借她錢買了機票。

我找了一本越籍勞工法規的書給阿豪，讓她保護自己。聰明的她一看就懂。

每當外勞聚集談心事，阿豪看到了許多外勞，將辛苦賺的錢全數寄回家給老公，幾年後回到越南，家裏房子有了、孩子大了、什麼都有了，然而老公的老婆卻換了別人，自己一無所有，只能滿懷辛酸回臺灣繼續賣力工作。

於是，阿豪讓老公知道：「在臺灣賺錢很辛苦！」她只寄孩子的教育費回家，生活費讓老公想辦法，堅持「有福，回越南與家人同享」。

她學習能力強，不出門能知天下事，知識源自電視、網路資訊、雜誌。記得剛來不久，她從慈濟醫院帶回一份越文資料，問我：「阿姨！這書要去哪裏買？」為她劃撥了中越文互譯錄音帶和兩本書，不久，她不但學會說中文，還會寫。

母親生前，阿豪曾央託我：「我很想到臺北一〇一，阿姨，你能不能照顧一下阿嬤？讓我休息一天就好！」那時母親沒插鼻胃管，吃飯需用湯匙慢慢從嘴角挖開來餵食，只有阿豪餵她才肯吃。

我很想替代阿豪，但母親不能一天沒有她。我只好對阿豪說：「等阿嬤『老了』，事情處理圓滿後，阿姨會帶你繞臺灣一周，去看你想看的地方。」

曾聽她說過，「臺灣有路從海底穿過去」、「宜蘭有雪山隧道穿過山脈，二〇〇四年我剛來時剛要通車」、「臺北一〇一很高，很多外國勞工幫忙蓋」、「我從來沒坐過火車，聽說高鐵速度好快好快」……我聽了一一記在心裏。

二〇一二年三月三十日，母親往生。為了照顧母親臨終，阿豪足足瘦了兩公斤，還告訴我她心情不好不想去玩。母親往生後，阿豪需要趕快另找雇主或回越南，但我還是帶她環島一周，實現承諾、帶她圓夢、讓母親靈安。

滾邊花外套

之前，幾位好友相聚。我穿了一件細格子滾紅邊外套，配上絨布黑長褲，加上新燙的髮型赴宴。大家一看紛紛對我說：「秀蘭！你年輕了好幾歲！」

多年前，同事賴老師拿著她心愛的衣服誠意地對我說：「這件衣服的布料很好，但是我穿太小，你若不嫌棄就收下！」二十年前的我「瘦骨如柴」，許多同事不能穿的衣服都送給我。

進入更年期長胖了許多。我將衣櫥裏的衣服一件件試穿，不是肚子凸出，就是臀部翹起，只好將一件件不適穿的衣物淘汰。幾件較新的外套「試丟」好幾次，又撿了回來，想著：「哪天變瘦，也許穿得上？」

最近為了健康，開始注意飲食量，結果瘦了兩、三公斤，走起路來輕巧許多。從衣服堆中找到這件滾邊花外套，沒想到竟然套得進去，讓我喜出望外。

於是，重新將一件件捨不得丟棄的厚外套掛上衣櫥，細數滿櫃子的衣服，發現百分之九十以上都是來自親朋好友的惜福衣。

自己買的料子還比不上惜福衣好，於是穿了這件花外套參加好友聚會。穿著二十年前的衣服，當然年輕了！

我想，應該向老公清算一下，節儉的老婆，幾十年來為他省下多少治裝費？

陽臺上的香椿樹

從南部帶回一株香椿幼苗，小香椿栽種在小花盆裏。日子一天天過去，小香椿依舊小小的、長不出新芽嫩葉，於是我為它換上大花盆，讓它有更大的成長空間。

香椿的生命力很強，外出幾日沒澆水，回到家，香椿葉脫水萎縮，有的已經掉落。我將水龍頭直接放在花盆上，澆大量的水，隔日，脫水的葉子掉落，但已經冒出新鮮的嫩芽。

後來看到報導，方才知道香椿是優質的抗氧化植物，對人體健康有幫助。

香椿只需要陽光和水，將家中果皮、菜渣放入花盆中，挖些泥土覆蓋就成了有機肥料。不需噴藥，它的味道濃重，病蟲不上身。不用天天澆水，成長速度非常快，快到足夠主婦巧手變化，供應家人饗宴！

香椿的吃法很多，採下新鮮的嫩葉洗淨、拭乾水分，切碎裝入盒子放冷凍庫，隨時可以取用。滷豆乾，起鍋前灑入香椿粉末；煎豆腐加香椿、涼拌香椿豆腐、香椿拌麵或麵線，燙青菜時也可以用香椿替代蒜、薑、葱。

自種一棵香椿，簡易又吃得安心。看著香椿樹的成長，會滿懷喜悅。

全家人的早餐店

二○○四年八月一日，是我的退休生效日。這一天，我在家裏開起了早餐店。

師專畢業後，我就住在姊姊家，一住就是五年；這五年，姊姊包下了我的吃和住，並且不收分文。

大我五歲的姊姊，每天很早就起床為家人準備早餐，煮一大鍋稀飯、煎蛋、燙青菜……擺滿一桌子豐盛佳餚，全家人一起吃早餐。

婚後搬進新家，生下雙胞胎生活更是忙碌，幸好當時早餐店林立，買早餐很方便，蛋餅加上奶茶，成了孩子最愛的早餐。

當時為了方便，把「環保概念」拋諸腦後。現在回想，一家五口每天最少用掉五個塑膠杯；一、二十年來，為地球製造了多少垃圾？

為了環保，也為了家人的健康，我在退休後開始自己做早餐。想到當年又要帶孩子又要趕上班的忙碌情形，因此我做的早餐除了照顧自己一家人，也請姊姊的兒子和媳婦到我家來取用。

每天早上，我打豆漿、米漿、五穀漿……前一晚的剩飯做成壽司或飯糰，海苔包上切絲的有機蔬菜，灑上三寶粉及素肉鬆，就成了美味的素肉捲；素包子或饅頭都可以成為早餐的主食。兩家人十份早餐，只要三十分鐘就能準備好；一份份不一樣的早餐，裝在環保袋裏，放在我們家門口的鞋櫃上。

六點半，女兒、外子喝著熱騰騰的豆漿、吃著饅頭；其他孩子有的拎著早餐帶去上班，有的拿回家吃，有的吃完才走。

看著孩子們拎著早餐袋，我心中有著無限感恩，感謝他們給了我「回饋」的機會，也總算能為過世的大姊和美麗的地球盡一點心力。

輯二

杏壇銅鈴響

春歌在哪裏？哎，春歌在哪方？
別想念春歌——你有自己的音樂，
當層層雲霞把漸暗的天空照亮，
給平坦的大地抹上玫瑰的色澤，
這時小小的蚊蚋悲哀地合唱
在河邊柳樹叢中，隨著微風
來而又去，蚊蚋升起又沈落；
長大的羔羊在山邊鳴叫得響亮；

籬邊的蟋蟀在歌唱；红胸的知更
從菜園發出百囀千鳴的高聲，
群飛的燕子在空中呢喃話多。

濟慈・一八一九年

做個媒

蜜蜂、蝴蝶是花兒的媒，而老師在這忙碌的社會裏，也可以充當親子之間的「媒」。

教書生涯三十年，但真正感覺到教書的快樂，卻是在走進慈濟之後。一樣認真教書，卻更感覺到與孩子同在，找到生命的價值，也找回教書生涯的春天。

證嚴上人的慈心教育，令我深覺每一個「小我」，都可以深遠地影響更廣遠的「大我」。從此，教育孩子成為自己生命的主人、掌握自我生命之舵，是我努力的目標。

有一天，一位學生哭哭啼啼跑來告訴我：「老師，我媽媽離家出走了，是爸爸趕她走的！」我一陣心酸，抱住他說：「老師幫你想想辦法！你把聯絡簿拿過來給老師。」

我真誠地在聯絡簿上寫著：「爸爸，孩子很需要媽媽呢！」並對孩子說：「老師教你一個絕招——今天回家要很乖，先把功課寫完，再把聯絡簿拿給爸爸簽名，爸爸簽好名字後，再請爸爸打電話給媽媽。」

第二天，學生笑瞇瞇地告訴我：「老師，我媽媽回來了！是爸爸請她回來的！」看到孩子的微笑，我的心也笑了！學生幫自己找回了幸福的窩，而我只不過是幫他「做個媒」而已。

讓孩子學習掌握自己的幸福，以及付出和關懷父母，透過這樣的「靜思」學習，總有一天，他們將變成有智慧又乖巧的孩子。這樣的孩子，想必每對父母都想擁有並且珍惜。

被記「警告」的往事

二九一期《慈濟月刊》「隨師行記」中，有一篇關於一位即將畢業的護專學生，被記一支小過的故事。

事由是這位學生公然出言不遜，冒犯了教官。教官為了維護校規，決定記小過懲戒。學校顧及該生畢業在即，擔心影響未來就業，再三召開行政會議，最後表決通過，仍維持原議。

證嚴上人常言「愛而不寵」，愛的是人性本善，不寵是要明是非，心行正，才能與眾和合。就事實而言，處分僅是就「事」而論，並非以此判定人格。「人」與「事」應該用智慧去辨別。

這篇文章，使我憶起多年前被記「警告」的往事——

我生長在嘉義鄉下，家中人口多，生活貧且苦。一輛生鏽又常掉鏈的腳踏車，是我從小學到初中的交通工具；小小個子的我，腳踩不到踏板，只能一扭一扭著小屁股騎車。

讀初中時，學校遠在嘉義市。每天要騎車七公里，再坐二十六公里的火車，下火車後又步行四十分鐘，才會到達學校。

每天清晨五點多就出門，晚上七點多回到家，大部分時間都花在通車上。每天如此，為著有書可讀，從來也不覺得苦。

有一次上學途中，腳踏車又掉鏈了，我趕快下來修理，修好也顧不得雙手髒汙，趕緊再跳上腳踏車衝往火車站。

騎到平交道時，火車已進站。我只想到搭不上火車，遲到了會被記過，就飛也似地從鐵軌奔上月臺，再上火車。

當時學校規定，前半段是女生車廂，後半段是男生車廂，男女生不能同坐一車廂。我用衝的，竟上了男生車廂。巧得很，一位女同學為了趕上火車，也和我一樣搭上男生車廂。

我們往女生車廂走，一位他校的男教官走過來，瞄了我們一下，雖然沒問什麼，我已嚇得不知如何是好。

到了學校，公布欄上已登記我和女同學的名字；因為坐上男生車廂，被記警告一次。

回到家，我不敢告訴家人，更不敢告訴朋友，我怕家人因此不讓我讀書。後來，每每遇見那位教官，更恨在心裏。

幾十年了，原以為那件事已經忘記，原來內心深處並未完全遺忘，它仍重重壓著我的心。我把它當作一個汙點，不能釋懷。

上人的開示，讓我體會到——坐錯車廂是「事」實，記「警告」是應該的。那位教官並沒有錯！

突然間，心情開朗多了。被記警告只是「事」，並沒有影響到我的「人」格。

有一則故事這樣說——

一位和尚揹著一個女孩過河。徒弟把師父揹女孩這件事，看在眼裏、想在心裏，久久不能忘懷。

三個月後，徒弟突然問師父：「男女授受不親，師父為什麼揹那位女孩過河呢？」師父回答：「可憐的徒弟呀！我揹過就忘了，你怎麼揹了三個月還不放下呢？」

想到此，深覺自己可憐，一件事，竟然重重揹了許多年！

感恩上人的法語慧言，啟開了我辨別「人」與「事」的智慧。讓我體悟到——做錯事時，不要錯怪別人，要歡喜接受處罰，更要心存感恩。

笑在春風裏

一九九〇年三月八日，板橋埔墘國小教師一行一百零七人，在黃則永校長帶領下，參觀慈濟護專、醫院以及靜思精舍。

花蓮之旅的前一天，張玉妹老師把多年環遊世界買回來的飾品帶到學校，委託我們在火車上義賣，義賣所得全數捐給慈濟。

結果當天即搶購一空，大家以高出幾倍的價錢購買，圓滿張老師的愛心。

火車上，以陳美羿老師影印自集的《拾寶》筆記書和老師們結緣。校長夫人視為珍物，要我們把完整的一份送給她。

結束活動，我們把活動費用餘款購買一百本《靜思語》送給每位老師。校長覺得《拾寶》、《靜思語》都很好，要老師們回到學校後，每日抄寫一句在辦公室的黑板上。

連秀英老師的先生宋老師寫得一手好書法。為了保存並且方便更換，我們請宋老師將靜思語抄寫在紙上。每星期更換兩次，張貼在辦公室的白板旁，老師們每天簽到或看重要事項時，都會看到它，常常有老師拿紙筆記錄下來。

黃淑真老師謄寫了靜思語錄五十條，在靜慧師姊及多位老師贊助下，影印了兩千份，請即將畢業的學生幫忙裝訂成冊。

後來，有位慈誠師兄很用心地把它打成一張鉛字，我們又印了一百多份放在簽到簿旁。老師們主動索取，有的老師放在桌墊底下，天天看著它以提醒自己。

教室中，有些老師也把證嚴上人的法語當成教室標語。

很多老師開始聽上人開示的錄音帶，或聆聽「慈濟世界」廣播節目。

謝秀雲老師每天定時收聽節目，生活倫理課再將故事轉告小朋友。

先生發心錄下每天的「慈濟世界」節目，讓我帶到學校和同事分享。他聽過後會寫下大要，又順便拷貝一份；一份在同事間流傳，一份則給同事們翻錄。

同事們翻錄得很高興，有一位說：「真希望我先生也能參加慈誠隊，全家都變成慈濟人。」另一位說：「師父說的法怎麼都剛好能應用在日常生活中？」還有一位說：「師父的話句句都是那麼誠懇。」

雖然大家都很忙，但是非常用心，只要有心，人人都有無限的潛能。

連秀英老師同時是慈濟委員，做起事來兼具獅子的勇猛及駱駝的耐力，真使人佩服。在一次「預約人間淨土」活動中，認捐愛的綿羊，因為她的堅持，最後圓滿活動。

當她從廣播中聽聞活動消息，就帶回兩隻「愛的綿羊」存錢桶放在一年級的兩個班級，在連老師的解說下，學生們熱烈參與。

第二天，她又帶了一百隻，請示校長想要擴大辦理。校長認為關係到錢的問題，態度比較保守。

但連老師說：「這是給學生播善種子最好的機會，絕不能放過！」於是，我們經過各班教師的同意，私底下推行。

連老師告訴我：「我們守住一個原則，只讓學生捐零用錢，不是回家再向爸媽要錢，並且乘機指導學生『錢財四分法』。」

我們親自到各個班級解說，告訴學生可將零用錢分成四等分，一份用來給父母親買禮物；一份是給外公、外婆、爺爺、奶奶，探望長輩時，可以買他們喜歡吃的東西；一份給自己買書籍簿本或零食；另一份就是布施。

指導學生布施，也就是做好事。除了財施之外，我們也告訴學生：「幫助同學、在家做個好孩子……都是做好事。」因此從活動實施到結束，沒有引起家長疑問。

解說時，有的級任老師站在教室後面聽，覺得這個活動很好，紛紛和學生們一起響應。有的老師每天省下二十元買菜錢，有的省下每天兩趟公車錢，有的省下其他花費，把省下的錢帶到學校和學生共同投入愛的綿羊。

一百隻綿羊，很快圓滿了。有的班級一隻綿羊「餵飽」之後，還要第二隻、第三隻。三年一班王明婚老師的班級，一個多月下來已養成存錢習慣，活動結束後仍繼續善行，學生們一個個成為慈濟的小會員。

推展過程中，難免會有幾隻綿羊遺失，看到老師和學生們難過的樣子，就勸他們：「拿的只有一個人，我們全班都是好人呀！何況我們的錢被偷走，愛心並沒有被偷走呀！」孩子們聽完終於開心笑了。

歡喜來教書

「想到明天還要去面對一群學生，我就睡不著。」四年師院專業、熱誠教育的新實習生，因不諳班級經營，而對教育打起退堂鼓，聽了真讓人心疼，也為國家經濟成本的損失感到惋惜。

但也有位國中老師滿臉歡愉地說：「教書工作是上蒼賜予我最好的禮物。有那麼多學生聽我的話，家裏的孩子都不見得這麼乖聽我說話呢！幾十年來，每天我都忙到晚上七點以後才回家。」

同樣的教書，兩樣的心情，這兩種心情我都有過。前者，曾經令我病痛折磨一、二十年；後者，把「歡喜教書」當作一門功課，讓我找回健康，也找回教育生涯的春天。

因此，如何用愛陪伴、耐心等待新進教師的成長，使之獲得樂在教育的生命價值，是一門不能忽視的課題。

資深教師搭配新進教師的師徒制，可以讓新進教師的熱情活力和資深教師的班級經營經驗，彼此互惠與傳承。如此，新進教師少受挫折、增加成功經驗，即能增進教育的熱誠與信心。

父母的希望在孩子，孩子的希望在教育，國家的希望也在教育。擁有良好素養與專業的新教師，在眾人愛的陪伴下「學習歡喜來教書」，在成功的教學經驗中，將專業與歡喜帶給每位孩子，實在是眾人與國家之福！

預借分數給學生

報紙上，某國小老師因預借分數給學生引起軒然大波，許多人認為那會讓孩子養成壞習氣，唯獨該校校長認為教師專業自主，應該先了解老師的想法。

我也曾經預借分數給學生。

那時，班上有位父母非常寵溺的孩子，每天爸爸都親自送她到校門口；班上的孩子若碰了她一下，說了一句她不順耳的話，隔天她的爸爸就會來學校「問個明白」。

這樣的爸爸，其實是害了孩子。

一次月考，當孩子發現數學成績七十九分時，立即紅了眼眶，同學都放學回家了，只有她一直不肯離去。

「怎麼了？」

「我不敢回家，爸爸會打我！」

看著瘦弱的孩子，明明是父母的寶貝，怎會怕得不敢回家？我稍一遲疑，接著問她：「你想要幾分？」

「九十分！」孩子回答。

「好！老師答應你，暫時給你九十分，不過老師有條件。」孩子看著我，似乎放下了恐懼，專心聽我說：「現在離放暑假還有十五天，老師給你十五天的時間，在放假前，你要學習拿出勇氣來，說出七十九分的真相。」

孩子點點頭，我們就這般成交了。

我相信孩子一定做得到，也相信她一定會努力克服。

事後，每天孩子到學校，我都會問她爸爸知道了嗎？孩子總是搖搖頭。「拿出勇氣來，老師相信你一定做得到。」每天我都這樣鼓勵孩子。

十天後的早晨，如彩霞般滿是笑靨的臉兒迎面而來：「老師！爸媽都知道了！」疼愛她的父母親也雙雙到來：「林老師，謝謝您。孩子都告訴我們了！」

我很真誠地對孩子的父母親說：「我可以給孩子九十分，但那不真實。真實的分數雖然是七十九分，卻可以了解孩子不懂的地方在哪裏？藉此加強補充，知識才會扎實。結果雖然重要，學習的過程更重要。」

我如是說，孩子的雙親聽入耳裏：「孩子能夠勇敢地說明真相，那才是真正了不起，連我們大人都很難做到！」孩子的父母親聽完雙雙抱住孩子，大家都很動容。

四十八本書

暑假中，有幸參與兩岸文化交流，聽見江蘇興化中學校長說：「我們的孩子，每星期都要看完一本書。」

當時，從臺灣去的孩子私下對我說：「小學到中學，一年兩個學期，我們不就比人家少看四十八本書了？」

確實，我也發現近年來學生的語文程度降低了。現在的孩子看書速度慢，沒有耐心看完較長的句子，許多語詞也不太了解。上自然課的老師還要教語文，真是很辛苦，也令人憂心。

我服務學校的吳寶珠校長堅信：「教育決定臺灣的未來，你、我決定臺灣的教育。」她很有心地帶動全校師生，樂為學習的主人，如果讀到好文章，就會印給全校老師每人一份。

其中一篇文章敘述，「從小陪伴幼兒閱讀，是為國家奠定文化根基」，看完我很震撼，也慚愧自己陪伴孩子還不夠用心。一句好話，讓人受用一輩子。一本好書的潛移默化，更不用說了。父母若能給孩子溫馨的家，又能用愛相伴相隨，從小就陪伴幼兒閱讀養成習慣，我想不只是為國家奠定文化根基，也是為孩子營造未來幸福美好的人生。

九重葛花開花落

「九重葛會天天開花，一定有人在九重葛身上澆水和定時施肥。」這位澆水和施肥的人，就是埔墘國小退而不休的邱義宗老師。

吳寶珠校長說：「植物是有生命的，需要不斷澆灌，才會開出美麗的花朵；孩子也像花一樣，需要老師們適度給予關懷和愛，才會成長茁壯。」

埔墘國小，曾經是世界第二大的小學，全校一百二十多班，教職員工兩百多人。

吳校長的柔性帶領，以及前幾任校長們用心投入，慈濟精神也在此滋潤多年。老師們大部分是「在地人」，特別有愛鄉愛土的觀念，大家深信：只有辦好學校教育，讓硬體軟體都能兼顧，才能惠及自己的子子孫孫。

在校老師都自願承擔額外的工作，退休的老師也回籠長期擔任義工，有的當輔導老師、有的在圖書館服務、有的施展專長義務授課……最有福報的是學校的花花草草，不但有幾位愛花愛草的老師照顧，更有兩位日日照顧「埔墘花園」的老師。一位是管理教材園的蘇老師，另一位是管理校園前庭和各班陽臺花卉的邱義宗老師。

邱老師退休後，守住校園的每一株花草，日日相伴。清晨五點到七點，是他走入埔墘國小「心靈花園」的美妙時光。他整理花草、澆花施肥，為大王椰子樹洗澡、把應景開花的盆栽搬到走廊、掛上豬籠草，讓全校師生學習和觀賞。

他不但與花草做朋友，也傳授高年級學生的分組活動「校園植物」課程，把園藝知識和經驗與學生們分享。

平日默默做事，只要有人需要他，他會無所求地全力以赴。

陸雪玲老師在家是獨生女，她的父親生病臥床，有時半夜緊急就醫，一通電話，邱老師服務馬上就到，成了臨時車夫。

古老師罹患癌症，需要長期吃新鮮的草藥汁，必須遠到金山去拿。邱老師義不容辭，清早出門取藥，再趕回來上課。

我上課用的電子琴壞了，只要叫一聲邱老師，第二天琴就修好放在我的桌上。

九二一大地震時，邱老師參與慈濟營建組合屋的工作。他非常投入，還說：「既然來了，對工作就要認真負責。」

二〇〇〇年十一月二十一日早上，我們相會在一年級教室走廊上。他正用水桶裝水泡花肥。我趨前問他：「學校的九重葛為什麼會天天開花呢？」

「九重葛喜歡陽光，除此之外，只要定時澆水和施肥，就會天天開花。」邱老師教我施肥絕招，只要花肥一小匙，泡上半桶水澆在蘭花上，蘭花就會定時開花。

二十六日下午六點多，我剛從南部探望母親回來，疲憊地躺在床上休息。電話突然響起，「嗚嗚嗚……邱義宗老師往生了！從馬偕醫院轉到萬芳醫院去助念！」學年主任素美老師打來電話。

「不可能！別嚇唬我！星期一我才在走廊上遇見他呀！」

「是千真萬確！」我們一同到了萬芳醫院，我泣不成聲！

想到了邱老師，就想到音樂教室內那部電子琴。以後電子琴壞了誰來修呢？

前一年，吳校長為全校學生做主題探索，第一個主題是蒜香藤。後操場的蒜香藤花開得好美，這是邱老師耕耘一年多的成果。

接著是大王椰子，以及大王椰子樹下相互爭豔的杜鵑花，每種植物都留有邱老師細心照顧的身影。

孩子們配合主題，做了深層省思的靜思語學習單：「杜鵑花會以它的特色來招蜂引蝶，為它傳播花粉；我們每個人應該以什麼來吸引他人呢？是才華？是專長特色？是道德修養？還是變髮色、奇裝異服？」

全校學生熱鬧滾滾，連低年級小朋友也動起來了。人人撿起掉在地上的杜鵑花片，貼在學習單上，又在學習單上寫著：「我要用功讀書，學許多本事，讓自己變得很有能力；可以幫助別人，也可以吸引別人。」孩子們真是有智慧。

埔墘國小前庭，從一樓到五樓，倒掛的九重葛天天開著美麗的花，真如人間的伊甸園，美麗極了！

邱老師在埔墘默默奉獻了三十年，他悄悄地走了，不帶走一片雲彩。如果花樹有情，我想九重葛會說：「邱老師！我能夠天天美麗，是來自您的關愛和溫柔。」

我們這一班

一九八八年，婆婆發生車禍，我無法照顧婆婆，就發願以同樣時間做慈濟事，一分心一分善念，婆婆奇蹟似地痊癒了。走在慈濟菩薩道上，我滿心歡喜，經常聆聽證嚴上人的法音，也常參與慈濟事，與眾生結善因緣；後來心結逐漸打開，覺察出多年來的病苦，源自於自己那顆「汙濁的心」，從此找回自信，苦纏我十年的精神衰弱症終於痊癒。

我在國小任教的前十八年，有八年兼管教具室，卸職時，希望能單純擔任科任，學校卻安排我接掌級任。初接三年三班時，我滿心惶恐和感恩；惶恐的是已八年沒帶過班，班級經營生疏，必須重新適應；感恩的是有機緣讓我走進班級，重新自我考驗，是否有包容力、平等心來善待孩子？

後來，我很用心學習及耕耘，使用「靜思語教學」，啟發學生的善心和良能。

每日選出一句靜思語，寫在黑板角落，讓孩子們抄在聯絡簿上，在日常中體會、學習靜思語的意義和精神；家長檢查孩子作業時也會看到靜思語，從靜思中懂得愛孩子及善待自己；每日的靜思語，讓我也能時時反觀自照。

聯絡簿上孩子寫得比較完整的回應，以打「星星」為記號，鼓勵他們找時間，重新謄寫在紙上，加上插畫，收集裝訂成冊。

三年級下學期，校內有位老師讓學生寫班上日記，我覺得很好，仿效此法也讓班上孩子開始寫「師生班級日記」。

學生日記部分，寫出班級上課情形或在學校裏發生的任何事。班長一職，由全班學生輪流擔任，輪到寫值班日記的同學，必須把當天的值日生、值班班長、乖兒童、愛心小天使等姓名填上，並寫上當天的靜思語，及他個人對靜思語的體會。孩子們為了要寫好班級日記，上課時會更注意聽講，下課時也更會關心其他同學的行為，無形中班上的秩序進步，孩子們也更懂事、更善解人意。

老師日記部分，孩子們寫過日記後，我利用下課或午休時間批改，並記錄當天孩子在學校中發生的事，及自己處理問題的經過，有時候也加上自己的一些感受。偶爾在孩子們純真的言語當中，我覺察到自己的缺點，就給自己省覺的機會，將心得寫在日記中，讓孩子和我的心交融。

其實，在寫班級日記這段日子裏，收穫最多的是我自己，因為從童言童語中，可以找出自己上課內容的缺失，及有待加強的部分；互動中，老師付出多少心力給孩子，就能獲得多少快樂的回饋。從班級日記持續性的紀錄，可以見到孩子們成長的足跡。

證嚴上人說：「多做多得，能做就是福，甘願做歡喜受。」從生活中體會上人的法語，終能慢慢歡喜甘願；因歡喜付出而漸結善因緣，因結善因緣而法喜充滿，因法喜充滿、身體漸康泰而無限感恩。

上人說：「普天之下沒有我不愛的人。」我學習以慈母心去愛孩子們，當煩惱生起時，就想成那是我親生的孩子，我該如何愛他、幫他？兩年來，我們在互動中漸漸成長，看到自己的愛，慢慢從「小愛」邁向「大愛」。

上人也說：「未成佛前先結好人緣。」我有天賜的一群最聽話的孩子，有心經營，孩子們及其父母、親友，皆成為我的善因緣。

走過教書路，由無奈而歡喜，由歡喜而感恩，每天都活在知足感恩中，過著歡喜甘願的人生。

在靜思語教學中，我深深體會出「禮敬諸佛」的真義；每位孩子都有優點，每位教師的班級經營都有特色，人人皆是學習的好對象，人人皆是我心目中的佛。

平常，我引導孩子多看、多學習他人的優點，取人之長補己之短，並且細心呵護他們，培養他們不自卑、不驕傲，懂得歡喜讚歎別人的成功，指導他們見好能起歡喜心，心中常存愛心，成為人見人愛的好孩子。

我還教孩子要感恩父母，也引導孩子的父母懂得讚美孩子，關心孩子，因為懂得感恩的孩子是家中的寶，會使家庭變得溫馨幸福。

實施靜思語教學後，孩子之間秉持著「為善要競爭」，見人好要隨喜讚歎，因此人人滿分，人人都是第一名；他們彼此間不起學科成績競爭的煩惱，課業方面能自動自發，也能發揮潛能。

證嚴上人說：「每個人的心中都有一朵清淨的蓮花，都有無量的智慧，把良知良能啟發出來，則福慧果報無量。」啟發孩子的良知良能，實際上真正被啟發的人是我自己；從童言童語中，我發現自己的良知，從靜思中發現自己的良能，因此我日日生活在知足、感恩中。

長滿了羽毛，想飛

埔墘福田，處處散發著愛的光芒，溫暖了我的心靈，豐盈了我的生命，讓我想展開愛的翅膀，自由飛翔。

一九七八年夏天，我走進埔墘國小校門，一位打扮樸素的女老師迎面而來，是學妹楊芳珠老師。她很熱誠地引領我走入辦公室，辦理報到手續。她的貼心，讓我留下深刻記憶。

隔年夏天，挺著「用雙手扶著方能翻身入眠的大肚子」，在校園裏搖晃走動，一群同事投以關懷眼神問我：「累嗎？」坐月子時，江明珠老師和一群同事送來溫情和禮金，哭鬧的龍鳳胎寶寶，忙得我無法倒杯茶敬貴客，大家如親人般體諒我。

一九八〇年，校園前庭是兩層樓建築，種有七棵大榕樹，外砌圓形水泥圍籬，我和同事們會在榕樹下改簿子、談天說教育，資深老師們不吝拋出珍貴教學經驗與我分享，感恩之心，甜在心頭。

那年秋天，突然一陣暈眩，是賴秀琴老師攙扶我走進健康中心。從此與藥結下不了緣，十年日子在恐慌中度過。不敢過馬路、不敢上臺說話……幸有曾樹寶、林慶生、林宏昌、游介民等老師鼎力扶持，陪伴我走過抗壓力最弱的日子，從此「在黑暗處提燈照亮人間路」的慈悲種子，深植於我八識田中。

到埔墘第十年，後操場搭起舞臺表揚資深教師，藍貞義老師把最美的校園盆栽搬來造景，窩心的嘉師學妹楊芳珠、朱嘉蘭老師為我添彩裝慶祝，宛若一隻翩翩飛舞的彩蝶，不負所望上了亮麗舞臺。

「來！打球才會健康。」謝文詳老師常常這樣對人說，在他耐心指導下，我也成了乒乓球好手。曾和江明珠老師對打，高達一百四十多球未落地紀錄。

「手臂提起、懸腕、中鋒筆……」書法老師宋德樵對我不棄不捨，是我能持續學習的理由。後來么兒昱辰也拜他學藝，母子倆同師門。

「花可以美化心靈，插花時可以讓紛擾心靈沈澱，發現幸福。」做事有始無終的我，向劉淑靜老師學插花，從A班留級到C班。劉老師以「知識、道業，都是時間累積」勉勵，使我能堅持意念，習得花藝與人結下善因緣。

一九九〇年三月八日，埔墘國小師生一百零七人，在黃則永校長及夫人帶領下，參觀慈濟護專、醫院、精舍。眼見慈濟醫院正興建二期工程，回來後謝桂英老師即刻發起合捐病房一間，全校師生群起響應，「埔墘國小全校師生圓滿病房」消息刊登於《兒童日報》、《慈濟道侶》半月刊。

「預約人間淨土」活動，我和連秀英老師在校推展「愛的綿羊撲滿」認養活動，許多老師都帶動孩子響應。

當年暑假，「老蚌生珠」生下么兒昱辰，他是佛菩薩賜給我的大禮物。因不期而遇他，我很痛苦地斬斷長達十年的難纏藥癮，重拾生命喜悅。辰兒於一九九六年入學，深得張麗玉、黃慧玲、林宏昌等教師及吳寶珠校長的疼惜，讓辰兒心中裝著滿滿的愛畢業，展翅平穩飛翔。

一九九三年冬，大姊意外往生，因為同事愛的陪伴，才使我從悲痛中走出來。

「大樹倒了，我因愛而彌堅。」走入慈濟，開啟了悲心和智慧，發心記下感人的詩篇。林萬來老師是我寫作上的啟蒙恩師，他很有耐心地把我的文字稿投到各報社，篇篇上報的文章，激勵著我走向寫作之路。

大姊往生，但慈濟道上不能停。因此選擇在家也可耕耘的「筆耕福田」，包含小品文、活動報導、人物專訪、慈濟認領災區學校校史編寫。林萬來老師離職後，吳校長、張麗玉、王祝美老師成為我寫作上的良師，張老師文辭柔美、祝美對主軸加以判斷、吳校長為文章下標題。

筆耕福田讓我放眼天下。曾參加兩岸文化交流，九天行程，回來寫下三萬六千多字文稿。人物專訪過骨髓捐贈者、受髓者、腎臟移植受贈者、樂生療養院痲瘋病患、國內外慈濟人醫會醫師、各聯絡處負責人……訪問前必須先收集相關知識，從中收穫良多。

埔墘所得用於慈濟採訪，慈濟採訪帶到校園經驗分享，真是一件樂事。「教學相長」，樂在教育。二十六年埔墘教育生涯，我得到的愛比付出的多，真的好感恩。

「取之於社會，用之於社會」，這是不變的道理。退休後，準備帶著埔墘人賜我的豐盈羽毛，展翅隨緣而飛。

孩子，你是我的貴人

孩子，在我人生旅程中，一直扮演著我的「貴人」。孩子的天真無邪，帶給我無盡的快樂；他的童言童語、他的純真，是我學習的好榜樣。我們相伴相隨，共同成長。

「父母是孩子的模」，孩子的成長過程中，與父母相處的時間最久，天天學習著父母如何為人處世，耳濡目染中，在孩子的身影裏就有著父母的影子。這真讓我戒慎恐懼！

因此在教育孩子的路上，如何做好我自己，當好孩子的模，是我一直努力的方向。

「愛心存款簿」，就是學校的家庭聯絡簿。

聯絡簿是我和孩子老師之間最好的橋梁。我把孩子得到的獎卡、孩子的好行為，以及我和孩子的對話，全部貼或寫在聯絡簿上。

我常常教導孩子去觀察老師的辛勞。孩子在學校有了好的表現，我會把對老師的感恩寫在聯絡簿上。寫在聯絡簿上對老師的感恩，正是在教育自己的孩子，給孩子一個好的示範。

華人的羞澀民風，比較不好意思表現自己。我會把孩子在家中的好行為寫在聯絡簿上，讓老師看到，孩子就知道家人對他好行為的重視。同時讓孩子學會接受別人的讚美。

「每個人的心中，都有一間小小的房子。」兒子曾經這樣說。

「靜思語」也是我和孩子之間的橋梁。我會寫上一句靜思語，再說明為什麼寫，讓自己和孩子以及老師一起來思考，真是一舉三得啊！

在班級經營中教的靜思語，我也會拿來和我的孩子分享。

有一次我在教「讚美別人，美化自己」這句靜思語時，我問班上的孩子，為什麼讚美別人會美化自己？班上一位孩子說：「因為讚美別人時，是微笑的臉，常常微笑的臉，就會讓自己更美麗。」另一位孩子說：「那麼媽媽的笑容，就是我的笑容了！」好有哲學味喔！

回家的路上，我和當時就讀一年級的兒子分享。兒子這樣回應：「心裏的房子如果是乾淨的，他就會說好聽的話；心裏的房子如果是髒的，他就會說不好聽的話。」

每個孩子，都是天生的哲學家呀！

除了聯絡簿外，作文簿、美術書法作業、相簿等，都有為孩子保存的價值。記得小兒子兩歲多時，用大毛筆在毛邊紙上畫了一大筆，塗上紫色說：「這是給爸爸的龍！」接連又畫了三張，是給媽媽、哥哥、姊姊的。我把這些作品保存著，因為這是兒子人生中的第一張畫。

作文，是孩子對自己的生活記述，可以從文章中看到他成長的足跡。在每個階段中，為孩子留下書法和美術作品，可以讓孩子看到自己的進步而產生信心。

相片的保存對孩子也很重要。小兒子就讀小學二年級時，中南部水患，慈濟為救災做街頭勸募。我帶著兒子上街頭，他捧著大大的勸募箱喊著：「來個愛心好嗎？」這一張大聲嘶喊的相片，是他跨出大愛的第一步。這張相片對他來說應該是珍藏呢！

一點愛一滴情，滴滴的愛，也會匯成大愛的長河。

人與人之間的相聚真的是因緣。父母和孩子間結的更是累世緣，才有這分深深的情，所以必須相惜緣！

我好感恩我的孩子！在人生旅程中，真是我這一生的貴人！

孩子都在嘗試錯誤中成長，
對待孩子多一分寬柔，
孩子就會少一分錯誤的機會。

孩子都在找自己的空間成長，
不必為孩子操太多的心，
因為這樣只會牽絆著他的成長。
對待孩子多一分尊重，
對待孩子多一分用心和耐心，
孩子將會是我們這一生的貴人。

大愛進校園，藍天白雲飛

白雲朵朵飄向天空，海山國小長廊上，遙望遠空是一片藍天。藍天白雲，很美；一群慈濟人融入校園，合心、和氣與教師、家長們互愛、協力地教導孩子們，那分和諧，更美！

海山國小「大愛媽媽」的成立，源自賴林貴花師姊的一分感恩心。她說：「我家就住在學校旁。十二年前自己的孩子上小學時，看到老師們對孩子那樣用心，當時學校急徵交通導護義工，心想，只愛自己的孩子，不如也同時去愛別人的孩子，就這樣穿起橘黃色導護義工背心。之後孩子畢業離校，剛成為慈濟委員的我，滿懷著熱誠，在劉紹廷老師的邀請下，首度上臺說靜思語故事。」

貴花師姊第一次穿慈濟「藍天白雲」制服到教室上課，在走廊引起無數好奇眼光，從此邀約靜思語教學的班級不斷。她一個人應接不暇，於是邀請社區慈濟志工共同投入。

從埔墘國小退休、也是慈濟委員的我，便以回饋心走入海山國小。海山國小校史還算年輕，但八十八位退休教師中，有超過四分之一的教師回流校園當志工。有的在資源班當輔導媽媽，有的在各處室協助，有的回校教太極拳、英文、舞蹈……這塊海山福田，成了退休教師各顯所長、各展所能，風華再現的好舞臺。

二〇〇四年退休、也是資深慈濟委員的林肯苗，退休後不但回校當大愛媽媽，也當交通導護義工。身為校長夫人的她，一清早就穿起義工背心站在馬路中，精神抖擻地指揮交通，讓孩子們安全過馬路。動作敏捷的她說：「早出門、晚出門都是過一天，既然出來當大愛媽媽了，這一天不如多做一些！」

林老師退休後，設置海山退休教師網站，並慈心引領有緣人航向心靈故鄉！

母親節前夕，大愛媽媽教給孩子們手語歌曲〈母親的手〉：

「寒冬為我蓋暖被，夏日為我拭去汗水，付出從不求收回，從那白天忙到深夜……推動搖籃的那雙手，也推動了整個世界。」柔美歌聲伴著無聲手語，縈繞校園，飛向藍天，藍天下白雲飛。

輯三

不凋的容顏

给我枝金筆，讓我倚傍著一叢
鲜花異卉，在遥遠、聖潔的仙鄉，
给我白纸，比星星更瑩白晶亮，
不然就给我天使的素手，好撥弄
天堂裏豎琴的銀弦，奏聖樂讚頌：
讓綴滿珍珠的彩車悄然來往，
載著飄動的鬢髮，鑽石瓶，红羅裳，
半露的翅膀，流盼的美目匆匆。
讓仙樂悠揚，缭绕在我的耳際，

當美妙的樂章到達終曲的時辰，
讓我寫出高雅典麗的詩句，
描繪重霄之上的種種奇蹟：
我的靈魂在攀登凌霄的高峰！
它不會這樣快就甘願忍受孤獨。

濟慈・一八一六年

希望在明天——葉美菁

「書讀得多少並不能夠影響一個人的慈悲和智慧，無私的大愛才能夠真正捐棄一己的私心，慈悲助人。」披著一頭秀麗長髮的葉美菁心有所感地說。對於自己是國內第一例非親屬骨髓捐贈者，她認為，「一切都是天意」。

大學轉系前曾就讀護理系的葉美菁，對於骨髓移植一事並不陌生。因此，當國內非親屬骨髓移植合法後，在臺大醫院舉行第一場骨髓驗血活動時，她當下只看了一眼資料，就毫不猶豫地參加。

她雖然支持捐贈骨髓，但也明白這多半是個不會實現的善意。「捐髓配對成功只有萬分之一的機率，像我這種從來沒有中過愛國獎券，甚至連統一發票的最末獎也沒有得過的人，大概不會那麼幸運配對成功吧！」葉美菁心想。

沒想到這萬分之一的機率，竟然真的落在葉美菁身上！當時與魏志祥小弟配對成功的，除了葉美菁外還有一人，那人在葉美菁之前先被通知，並且已允諾捐髓。但是，當三軍總醫院的王醫師為魏小弟做了「殲滅療法」，正等待植入健康骨髓，第一位捐贈者突然反悔了。「當時，我完全沒有說『不』的權利，也來不及與家人溝通。我知道，魏小弟如果不馬上移植骨髓，只有等待死亡……」

捐髓那天，正好是母親節前夕，葉美菁瞞著家人，到醫院接受生平第一次手術——抽髓。由於是國內首例非親屬捐髓，連醫師都好奇她怎麼願意捐贈，所以當她做抽髓前檢查時，有醫師問她：「是不是曾經歷過生離死別，對人生有不同的體悟，或是曾經受人幫助，因此想回饋社會？」她的答案卻只是單純地想「捐髓救人」而已！

「我在星期六進行抽髓，抽髓後饒慧萍師姑陪了我一個晚上。我惦記著隔天是母親節，想回家陪媽媽。」於是，葉美菁請求醫師准許她回去探望尚被蒙在鼓裏的母親。

醫師雖然擔憂葉美菁的身體還很虛弱，但還是特准了，不過要求母親節過後，務必再回醫院檢查。「下樓梯時，我感覺有點頭暈目眩，乾姊趕緊攙著我……」葉美菁說到這裏，陪伴她受訪的母親心疼得眼眶都紅了。

葉媽媽說：「事情過了一個月以後，我在報上看到慈濟發布骨髓移植成功的新聞。雖然新聞報導沒有指出捐髓者的全名，但是我憑著母親的直覺，猜出那個捐髓者就是美菁，當時我心疼不已。由於我的固執，使得美菁回家後不敢告訴我她去捐髓的事，而我也因此沒有機會為她補一補、調養身體。不過，後來看她的生活一如往常，知道捐髓不會造成任何傷害或後遺症，我們才放下心來。」葉媽媽不捨地說著。

葉美菁認為，捐髓對捐者來說，只不過是承受了一點點的不便，但對受髓者而言，卻是給了他們再生的希望，並且連帶使他們的家庭重拾天倫之樂。「這種『救人一命，無損己身』的事，實在值得我們勇敢地去做。」

魏志祥——葉美菁的受髓者，一九九二年七月剛滿十五歲時，由於一場莫名的高燒，竟診斷出罹患血癌！這個噩耗對魏志祥及其家人而言，就像是旭日才剛要升起，卻籠上了愁雲慘霧。

爾後魏志祥在化療下，得到暫時緩解，但是一年多後復發。魏志祥的爸媽為了醫治他的病，丟下了工作及另外一個孩子，耗盡心力和金錢，四處奔走求藥，不僅試遍各種偏方，更常在半夜趕往醫院掛急診。

但是，這一切的努力換回來的，只是眼睜睜地看著孩子的病情日益惡化。當醫師告訴他們，除了「骨髓移植」外，沒有其他方法可以挽回這條年輕的生命時，他們一方面像是溺水前抓到了浮木；一方面更擔心這萬分之一的機率，真的可能出現嗎？況且，又要到哪裏去找相符合的骨髓呢？

魏家人不放棄這一線希望，苦等奇蹟出現。終於在一九九四年三月，透過剛成立五個月的慈濟骨髓捐贈資料中心，找到配對相符者——當年就讀臺大社會系三年級的葉美菁。

骨髓移植成功以後，重生的魏志祥念念不忘捐髓者的救命之恩。他寫了一封措辭懇切的信函，寄給慈濟骨髓捐贈資料中心，他在信中寫著：「從骨髓注入體內的那一刻，我就一心一意想和救命恩人見面。因為我想，假如有一天，我的救命恩人出現在我身邊，我卻不認識她，無法向她道謝，我會遺憾、難過一輩子的。」拗不過魏志祥的真心誠意，慈濟骨髓捐贈資料中心舉辦捐受髓者一年後的「相見歡」。

相見的時間安排在一九九五年的母親節，那是一個滿溢著溫馨與感動的日子。魏志祥一見到葉美菁，立刻趨前獻上一束鮮花，激動得伏在葉美菁肩膀上，咽泣地說：「大姊姊，我的命是你給的，謝謝你！」葉美菁則擁著他說：「祝福你！」兩人的淚水撲簌直下。在場的許多人，也熱淚盈眶。

兩人相見歡之後過了十個月，魏志祥的病第三度復發，不久就在眾人扼腕嘆息中往生了。距離捐髓成功那天，延長了二十個月的生命。

「志祥往生，當時魏爸爸打電話來……」葉美菁神情落寞地追憶著：「志祥在醫院時，我去看過他幾次。即使已經臥病在床，仍然心繫著爸爸媽媽，他擔憂自己走了以後，誰來安慰傷心的媽媽；他也常叮嚀妹妹，要好好照顧爸爸和媽媽！」

魏志祥往生時，葉美菁參加了他的告別式，在告別式的會場上，志祥的爸爸特別播放了他生前最喜歡的張學友的歌，歌聲瀰漫整個會場，彷彿是一場小型演唱會，要圓滿志祥生前的心願。志祥的爸爸希望他的愛子，能夠乘著張學友的歌聲而飛……

「直到現在，一聽到張學友的歌，我還是會想起志祥。」葉美菁臉上流露出無限追思。

告別式之後，葉美菁如同失去親弟弟般傷痛不已，甚至病了整整一個月。「那真是一段非常傷痛的歲月！不過，那也是一段讓我的生命獲得成長的歷程。志祥讓我體驗到生命的可貴，也讓我學習到要冷靜而不冷漠地看待生死。」

走出傷痛的葉美菁領悟出，老天爺之所以讓志祥在人間多活了二十個月，是有祂的意義和價值的，「也許祂是要志祥在人間多做一點事，多為骨髓捐贈的宣導盡點心力！」

破繭而出的葉美菁，從此更加樂觀進取。她常常參與骨髓捐贈相關的公益活動，協助呼籲：「請給受髓者一線生機！」

葉美菁和魏志祥的姊弟情誼，已在國內非親屬骨髓移植和慈濟骨髓捐贈資料中心（已更名為慈濟骨髓幹細胞中心），寫下永垂不朽的歷史佳話。因為他們，許多血癌患者有了機會重生，更讓許多家庭重拾天倫之樂！

佛家說，人是生生世世輪回的。乘歌而飛的魏志祥，在骨髓移植的慈濟菩薩道上，已經種下深深的緣。相信他已經「快去快回」，乘願來到了人間。

讓生命熱力延續——陳金廷

「白玉石是東部礦石之一。」「玉不琢不成器。有些璞玉看起來就像一塊黑黑的石頭，怎知其實是寶呢！」陳金廷引領民眾走入花蓮國際石雕藝術季會場，詳細解說蘊藏在花蓮地底深處的岩石之美。

頭綁髮髻、身穿花格子長褲、黑色短上衣、披件薄布衫、雙肩背著淺色的背袋，五十多歲的陳金廷微笑的臉龐，讓人難以想像她曾經歷病魔摧殘、洗腎煎熬，是位腎臟受贈者。

陳金廷小學四年級時，身體出現水腫症狀，經醫師診治即消腫，她說：「大人以為我已痊癒，從未做過追蹤檢查。」直至她結婚生育後，泌尿系統經常發炎，於四十五歲那年檢查出腎疾。

她四處投醫並長期服藥，卻阻擋不了腎功能的衰敗，聽聞「草藥偏方十萬元包醫」，她不惜一試。「這不是藥，是用草來醫。」對方告訴她，連續吃一週就會藥到病除。

陳金廷和家人抱著一絲希望，吃草藥治病。「唯恐自己熬煮草藥火候不足而影響療效，每天按三餐到草藥店去喝熬好的藥。」不料，一星期療程過去了，不但沒有效果，肌肝酸、尿素氮指數反而持續升高，呈現嚴重尿毒症狀。

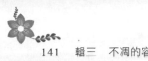

陳金廷的大女兒向店家反映，但對方堅持不退費：「我給你們的藥是最高貴的藥材，吃不好病情惡化，是你們沒有福分！」小女兒則懊悔地說：「我是學醫的，不該相信偏方，但情急之下姑且一試，沒想到差點讓母親賠上一條命。」

二〇〇〇年六月三十日，陳金廷第一次洗腎。「洗腎那段日子，血壓升高到兩百多，整日發暈，似乎一動就會倒地；心悸時飄飄然，有股死亡的恐懼，唯恐一閉上雙眼就無法再見到親人。」

「當時兩天洗腎一次，每次四小時。身體非常虛弱，加上有高血壓，半夜又常常抽筋，痛得無法自主，也不忍心叫醒熟睡中的女兒，只好忍耐到天明。」

眼見母親受病苦摧殘日漸消瘦，兩個女兒暗中計畫捐腎給母親，但陳金廷得知後說，寧願自己受苦，也不願女兒捐腎。

二〇〇一年十二月某天晚上，花蓮慈院器官捐贈團隊護理師施明蕙急電找尋陳金廷，大女兒接起電話。「現在有一位器官捐贈者和媽媽配對相合，媽媽方不方便馬上過來？」

女兒放下電話，立刻找到正在上陶藝課的母親。

「我考慮看看。」陳金廷有些猶豫。

「媽！你一定要去！不是每位洗腎者都有這樣的機緣。」女兒著急勸說。

「接受換腎，才有更長的時間和體力為眾人付出。」陶藝課學員也鼓勵陳金廷。

隔天，李明哲醫師帶領醫療團隊為陳金廷進行腎臟移植手術。捐贈者的兩枚腎臟其中一顆順利植入陳金廷體內。

移植後十天，陳金廷出院了。大女兒說：「母親腎臟移植的隔日，我們見到報紙上刊登一位器官捐贈者助益了數十人。雖然我們無法確認是否是他，但我們把他當作永遠的恩人。」

剪下報紙上的小短文，陳金廷和女兒視如珍寶般收藏，她們說：「今生無以回報，永恆的愛永存心底。」

移植後三個月內是排斥期，陳金廷說：「這也是我內心掙扎、走出陰霾恐懼的調適期。」她護著那顆腎說：「我們必須和平相處，活在希望裏。當它讓我肚子痛時，我會摸摸它、跟它說：『小寶貝乖！』」

「既然已經失去生命

就到基督的身邊去當快樂的天使
基督的愛會好好照顧你
盡量維持器官的功能
因為你的奉獻可以救很多人」

陳金廷在報上看到一位父親在兒子彌留前為他加油的這段話，感動得含著淚珠。

「我曾試著想知道捐贈者是誰，我該用什麼方式報答？想去尋找懷中這顆腎臟的親人。」這股感恩的壓力，一度讓陳金廷無法釋放。

當陳金廷聽聞靜思精舍不掉淚蠟燭的故事——點燃一盞蠟燭，燈燈會相續，燈無盡、無盡燈。她釋然了：「生命的再生，讓我更惜緣、惜福，歡喜付出，讓我覺得時間不夠用。我很想當慈濟醫院志工，也希望往後能夠捐出大體，如果不能，也要將全身的器官捐出，讓它發揮功能去救人。」

珍惜美麗情緣——余翠翠

開刀房是血腥的，怕看到血淋淋畫面的人，怎樣也不會想到這樣一個場所來工作，但剛自護專畢業的新鮮人余翠翠，卻選擇進入開刀房，作為人生第一份工作。

這是個性使然，與人相處屬於慢熟型的她表示：「在開刀房裏不太需要接觸家屬，而且節奏明快、可以立即看到治療成效，上下班時間也相對正常，很適合我！」

她參與了各式外科手術，如神奇的整形外科、讓人挺立的骨科、迎接新生命的婦產科……這些科別新鮮又充滿挑戰性，但她心裏總覺得缺了什麼。

在中部醫院工作兩年後，合約期滿，她去美國玩了三個月，返臺後到臺北一家複合式餐廳打工，點餐、端盤、送菜，也學會了簡易的麵包烘焙法。「當時年輕，短暫嘗試不同領域的餐廳工作，覺得很有趣；但是薪水不固定，生活也沒目標，讓家人更擔心了，覺得我不務正業。」家人鼓勵她回歸護理職場，生活比較扎實有意義。

重新出發，余翠翠找到離家最近的大林慈濟醫院，在最辛苦的加護病房，挑戰全新而陌生的領域。

余翠翠認識了一群志同道合的同事，他們合作無間，順利讓許多重症病人轉出加護病房；然而，醫療總有極限，難以避免死亡一再現前。

當她不自覺地變得冷漠，又聽到同事家人怒吼道：「你們是不是死人看多了，那麼沒血沒眼淚？」才突然驚覺自己在繁忙的工作中，已消磨了對病人的真心關懷與熱誠相待。

「那年，大林慈院開始做肝臟移植。首例病人是一位才二十多歲的年輕人，因為病毒性肝炎、肝臟硬化，必須換肝。」病人住進加護病房的那段日子，由余翠翠和兩位同事輪班照顧，「他身上插滿管子進來，在日漸恢復中，管子一根根拔除，逐漸遠離痛苦而重獲健康。」

余翠翠體驗到病人與生命拔河的過程，家屬在殷殷期盼中的煎熬。「出院後不久，他結婚了，後來還生了兩個孩子。」

從換肝年輕人身上，她見證到器官移植的迫切性與重要性，能讓捐贈者的大愛無盡延伸，也能讓受贈者得到新生命，傳承捐贈者所延展的無盡愛。

隨著院方的發展需求，余翠翠受派參與「器官移植照顧訓練班」，擔任器官捐贈移植協調護理師，再因為結婚，離開大林轉任臺北慈院。

器官捐贈暨移植小組成員得二十四小時待命，即使休假期間，接到器官捐贈個案，余翠翠總是以最快速度趕回醫院陪伴捐贈者家屬，給予即時的膚慰與關懷。

一次，接到合作醫院通報——有位車禍腦死的個案，家屬有意願捐贈，余翠翠立即會同社工，搭乘疾馳的救護車來到該院加護病房。

原本健壯的青年，因為一場意外，寂靜地躺在病床上，全身插滿了管路；前來探望的同學、友人魚貫而入，空氣中彌漫著哀愁與不捨。

余翠翠和社工請當事人的父親和二哥到協談室，說明器官捐贈流程與注意事項。二哥憶及二十多年前也是一場突來的車禍，奪走了大哥的生命，怎知多年後悲劇重演，年邁雙親如何承受這白髮人送黑髮人之痛……

然而，爸爸卻說：「如果兒子器官還有用的話，就捐出來給需要的人，盡一分回饋社會的心意。」因為這樣的信念，爸爸堅定地簽下器官捐贈同意書。

隔天早晨，捐贈者通過兩次腦死判定，將進行器官移植。他的二哥表示，弟弟生前就喜歡助人，這個時刻，將是他奉獻出生命最後的光熱。

進入開刀房，一臺捐贈者手術，五臺移植手術同時進行，余翠翠穿梭在六間手術房裏，生與死截然不同的心情，在心中反覆交錯著。

隨著念佛機裏傳來的「南無阿彌陀佛」佛號聲，余翠翠看到捐贈者安詳的面容，也與移植團隊一起祈禱，等待心動時刻到來、見證黑白變彩色的人生。

望向玻璃窗外華燈初上的臺北城，一位堅定的生命勇者，捐出了心臟、肝臟（分割為二）、腎臟兩枚，拯救了五位苦苦等待器官的患者，讓五個家庭可以重拾希望。

死亡是另一種方式的存在，捐贈者把無用的器官捐出來，卻在其他人身上做最有效的利用，是一種精神與愛的延續，更深層的意義是，讓活著的人活得更好。因此，器捐團隊從一開始就用心陪伴每個個案。余翠翠說：「捐、受贈後續的關懷及家訪都很重要，主要目的是希望他們能早日走出傷痛，回歸正常生活。」

一位捐贈者的先生在太太往生後，生活頓失重心，余翠翠和社工、慈濟志工到家裏進行家訪時，發現他細心製作了一片追思影帶，來表達對太太的愛。她於是和志工一起鼓勵這位先生投入社區人文真善美志工行列，因此讓他重新找回生活重心。後來他寫了一封信感謝移植小組：「你們造福了多少世間受病苦折磨的人，你們是上天派來人間的天使……」

「二十四小時待命的工作，有時也會覺得很累、很倦怠，尤其好不容易休假，又被電話叩回去。當我跟先生說：『我離職好了，你養我！』先生反會鼓勵我：『養你沒問題！不過你的職業不是人人能做，這是一個救人的工作，要好好把握！』」

擔任器官捐贈協調護理師的余翠翠，幸運地有娘家、婆家雙方長輩的高度支持，以及先生的鼓勵，讓她得以在捐贈與受贈之間這般美麗的情緣裏，陪伴更多的家庭走過哀傷，重新找到再出發的能量。

一起度過生命嚴冬——高銓源與陳桂蘭

「明天開始我不做了！」陳桂蘭還記得那天是一九八九年的重陽節，乍聽到先生高銓源如釋重負的決定，她不知是該喜還是該憂？喜的是她天天祈願丈夫能放下屠宰業，如今願望終於成真了；憂的是一旦經濟來源沒有著落，一個月八萬元的會款該怎麼處理？

想起小時候，家住臺北木柵山上，守寡的母親獨自背著債務，還要撫養十個孩子。陳桂蘭說：「我們十個兄弟姊妹穿的衣服，都是媽媽自己做的，頭髮也是媽媽幫我們剪的，男生理光頭、女生剪馬桶蓋頭。」

母親的「勤、儉」深刻烙印在她的心田，從事成衣代工的陳桂蘭安慰先生：「雖然我的收入微薄，但總算還是一份收入，生活過得去就好；休息是為了走更長遠的路，你正好利用這段時間，多充實一下自己……」

不做生意後，高銓源一早起床就坐在沙發上發呆，陳桂蘭要他出門走走、散散心，他卻哪兒也不肯去。「我一出門，人家一定會問：今天怎麼不去做生意？是身體不舒服嗎？教我怎麼回答。唉！男人就是要出去工作，自己實在太沒用了，不像一個男人。」

「你不要這麼想，這個家是我們共同創造的，你已經為它付出了十年，換我接手一下，也是應該的……」雖然陳桂蘭一再安慰先生，但他仍不時地問：「你應該很後悔嫁給像我這樣一個人吧？」

「我一點都不後悔，因為老天爺就是安排我嫁給你，我沒把握能夠嫁一個比你更好的了。」看見先生整天愁眉苦臉，陳桂蘭既害怕又擔憂，每天該做的事不敢懈怠，也不敢請他幫忙做事，「心情好時，我在地下室『車衣服』，他會主動過來幫忙把衣服燙平。」

煩惱的陳桂蘭，曾請示證嚴上人：「先生該從事什麼行業比較好呢？」上人告訴她：「隔行如隔山，要做內行的事。」

公公是外燴「辦桌」的總鋪師，丈夫對「煮呷」一點也不陌生，加上陳桂蘭對「食」也很有興趣，平日從電視上抄錄下來的食譜就裝了滿滿一箱；不久，夫妻倆對轉業有了共識。

得知有家素食餐廳缺人，高銓源立刻應允了這項工作。雖然這間素食餐廳生意很好，工作也很辛苦，他卻覺得很幸福；由於工作量大、加上廚房沒空調，他每天汗流浹背，三個月就瘦了九公斤，讓家人非常心疼，要他辭去工作。

不久，他又找到一家素食餐廳，卻因為生意不好，太閒沒事做，而主動請辭。「沒什麼客人，這樣老闆請我太划不來了！」

那時剛好朋友邀陳桂蘭報名素食烹飪班，她想「丈夫是天，要以他為家庭重心」，便鼓勵高銓源頂替她的名額去上課。

第一天上課，老師見他刀法俐落便問：「你要不要來當講師？」高銓源以為老師開玩笑，只是微笑回應。第二天，老師又問他：「要不要去美國當主廚？」他仍是微笑回應。

兩期三個月的課程，才上了一期，高銓源就開始接外燴訂單，而陳桂蘭也決定不再做成衣代工，只偶爾接制服訂單，此外便全力輔佐先生創業。「豬肉利多不賣，已經很轟動了，現又外燴素食，當時在地方上，真的成了新新聞！」高銓源說。

「辦桌、小點心、下午茶、家庭聚會、自助餐式，婚喪喜慶大小訂單全都接；後來也做五穀粽、饅頭、蘿蔔糕等，多虧親朋好友和慈濟志工們都很捧場。」陳桂蘭感恩地說：「那時，孩子才上小學，正需要花錢；中年轉業不容易，這一路走來，要感恩的人實在太多了。」

一個半月後，要聘請素食師傅的那位先生專程從美返臺，烹飪老師又當場推薦了高銓源。「當時我們難以下決心，因為孩子正值需要父母陪伴的年齡，而先生除了當兵外，也從未離開過家。」陳桂蘭表示：「對方使出三顧茅廬的誠意，讓先生勉強允諾。」

他們特地去買了一個地球儀，查看美國紐約在哪裏。「我提了一個大大的皮箱，像要移民似的，足足搭了十六個小時飛機，才到達美國。」高銓源想起當年自己俗氣的樣子，也不免覺得好笑。

高銓源赴美才一個月，一天早上，陳桂蘭聽完證嚴上人開示，端水果給婆婆食用，平日手腳俐落的婆婆，卻將水果掉落一地，原來是因太思念兒子而影響睡眠品質，還天天夢見兒子回來。回到娘家，陳桂蘭提起婆婆的夢，不意母親也做了同樣的夢。

沒多久，高銓源就被親情召喚回國，繼續從事素食外燴，也兼教素食烹飪，不斷累積經驗。

一九九五年，就讀小學四年級的女兒，無意間看到即將在加拿大舉辦的「世界烹飪博覽會」比賽訊息，陳桂蘭和高銓源便報名參賽。「沒想到我們會奪魁！」陳桂蘭說，「『金廚獎』對餐飲業者來說，是一項至高的榮譽與鼓勵。「先生很有料理天分，加上用心，是得獎的主因。」」

外燴辦桌久了，陳桂蘭夫婦期盼能有一個固定提供餐飲的空間，他們在市區開了一間素食餐廳，怎奈在熱鬧的大街上，人潮匆匆來去，似乎沒有時間歇下腳來，品嘗這些精心設計的美味「慢食」。因此，他們決定搬到烏來山上。

「往新烏路不遠處，見閃黃燈右轉就到了，照著住址走，不好找……」陳桂蘭熱情地指引著。這間沒有招牌的素食餐廳，坐落在青山圍繞的小山谷中，背靠山、前小溪。溪旁斜掛的電線上，站滿成排麻雀，鳥聲、水聲、風聲，吹奏起柔美組曲。

一旁空地栽種時令蔬菜，陳桂蘭將資源回收的石塊、木塊、陶瓷架圍在蔬菜旁，成了化腐朽為神奇的別緻創意造景；陳桂蘭說：「這樣客人就可以吃到新鮮、營養均衡的四季有機飲食。」

走入屋內，原木桌椅，桌上供著鮮花，高銓源深情望著木桌說：「這些都是買便宜貨『棧板』磨製、釘成的。」陳桂蘭也補充介紹：「這些原木桌子，是他最得意的作品。」

屋角，乾燥花、甕、回收鋁罐、枯木等，在陳桂蘭的巧思布局下，成了典雅造景；路旁拾回的枯枝，是妝點牆面的美麗飾品；缺角的花瓶，轉個方向，插上四、五片婀娜多姿新西蘭葉，增添無限色彩；被遺棄的盆栽木桶上，蓋一片大姑婆芋葉，就成了獨一無二的環保垃圾筒。

著素色改良式中國服的陳桂蘭，顏容淨素、氣色健康端坐著當起茶人，讓客人品嘗茶香。不久，高銓源用精美食具端來臺式煎蘿蔔糕，「煎皮微黃、細嫩中帶著香味」；接著端來用白色碗盤盛裝的藥膳湯，吃了會回甘。

「最適合熬蔬菜高湯的材料，就是通常切掉不要的菜心、菜梗了。」沈浸在工作樂趣中的高銓源，也自創出許多獨門料理，一些別人眼中看來無用的食材，到了他手裏便能轉化為美味佳餚。「能做的我盡量自己來，很少去買外面的合成品。」

「我負責設計菜單、他負責烹調，讓客人在不同季節吃到不同的菜，或是品嘗同樣菜色，但不同手藝的烹調，不用點菜，先預約，想幾點用餐就幾點用餐。」沒有招牌、沒有菜單，陳桂蘭夫婦精心設計的每一道菜，都讓客人有回家的感覺。

幸福漲停板──鐘切

「我不抽菸、不喝酒、不賭博，一年三百六十五天不停歇地辛勤工作。會掉入『股災』，只因一個『貪』字。」憨厚的周日用喃喃自語。坐在身旁的太太鐘切，若有所悟地說：「我當年真的很『白目』，也自不量力，才會中毒那麼深！」

周日用是臺北平溪人，剛滿十八歲就去當礦工，賺取不見天日、驚恐隨時坍塌、領取日資約二、三十元的辛苦錢。他說：「當年米價一臺斤兩塊一，所以礦工薪資還算優厚。」

婚後，他和妻子定居板橋，買了一間預售屋；新屋總價六十七萬，他們向銀行貸款三十三萬。對從未積欠他人錢財的周日用來說，這筆龐大債務是他一生的沈重負擔。

「債務還清，我的心情才會『輕』。」儘管婚前承諾妻子不再當礦工，只因礦工薪水是工廠薪資的兩倍，可以縮短債務償還年限，於是他攜家帶眷回到平溪，重回老本行。

三年後，遷入板橋新居時，他們不僅減輕了許多債務，同時也添了兩個女兒。

離開礦場，周日用學習細膩的燙衣工作，日出而作、半夜才歸，日薪有兩千五百元。個子嬌小的鐘切，選擇到鄰近的電子零件加工廠上班，晚上還可以帶回電子零件，讓全家大小一起加班。

深夜裏，公寓四樓的微黃燈光穿透玻璃、灑落小巷，鄰居看在眼中，無不讚賞他們是「耐苦、勤勞」的一對夫妻。

「大富由天，小富由儉。」克勤克儉牽手走過婚後第一個十年，他們不但清償了房貸，還有一百多萬元存款。

「一九八七年前後，臺灣房市正低迷，一百五十萬可以買到板橋、中和區一棟中古透天厝。」鐘切看著夫婿，有點責怪地說：「賺辛苦錢，結存了一百多萬元，原本想用來再買一間房子。但他認為房子夠住就好，再買房子得再負債過日，何苦啊！」

一位朋友告訴鐘切，「你做手工好辛苦，一個月所得也比不上一支股票一天的漲停板！看我，每天在號子裏看盤，可以吹冷氣、聊聊天，多舒服！」另一位朋友則懇切對識字不多的鐘切說：「你不懂股票、又沒玩過，最好還是不要去碰！」

一九九〇年二月，臺灣股市創下歷史新高一萬兩千多點，一張績優股上看到一百多萬元，一天的漲停板就可賺進數萬元；因此，連市價高達數十萬元的未上市股票，人人也搶著抽、爭著買。

眼見他人大賺股財，鐘切漸漸心動了，「反正身邊有一些餘錢，不需向人借貸，下場去試試也好！」

「連一道青菜就可果腹、節儉的『古意』先生，他不反對還協助我，盯電視看股票行情、讀報紙看股票起伏……當時，我比較強勢，所以決定選買哪張股票的人是我。」對於當時的情形，鐘切記憶猶新。

「大盤一萬兩千點是我第一次下單的時機，當時買了兩張農林股共十萬多元。四、五天後，農林股下跌，大盤跌到一萬多點，辛苦錢一下子就縮水了。看見銀行股還是漲，想攤平，又買進兩張銀行股，四十多萬元。」

「別人買的股票都在漲，我買的股票張張下跌。總不會那麼倒楣吧？於是八千點時投下所有積蓄，又向小姑借了三十萬元。」

「心中滿懷不甘心，更期盼再回檔。於是，下跌六千點時，又向二哥借貸五十萬元，買了塑膠類、紙類股……猶如急病亂投醫，不看盤、不聽路邊消息牌，想到就買，碰碰運氣也好。後來，許多股票都下市，變成連貼在牆上都嫌難看的壁紙了！」鐘切感嘆說。

「不夠錢買股票就賣金塊，僅存的七、八塊五兩重金塊也變賣了，還連剛起的會也標來買股票。直到跌入谷底下破三千點時，二哥因買房子急需錢，我才猛然從驚慌中覺醒，錢從何處來？只好認賠賤賣股票，向親友轉借貸來償還。」

「那次股災，慘賠了約五百萬元。失去十多年來所有積蓄，還得償還幾百萬債務。」鐘切娓娓道來：「我這一生，吃不好、穿不好，做的都是勞力工作，賺辛苦錢。一年內，失去所有積蓄，這些積蓄加上借貸，兩、三下輸得清潔溜溜；當時，真是無法承受。」

「電子零件是論件計酬，想到這一大筆認賠的錢，我就無心做事、也做不起勁，做到手會發軟。心煩時，碎碎念著：『欠這麼多，怎麼還？』」鐘切很煩惱地說。

先生怒斥：「你不會操作、不用心看盤，該買不買，不該買的才『摳』買！」

「我也是想賺錢呀！買又不是穩賺，何況又不是我一個人的決定，你也有份！」鐘切理直氣壯大聲回話：「既然你認為都是我的錯，那我去死算了！」

周日用聽到「尋死」的重話，又見妻子煩得吃不下、睡不著、無法專心工作，知道事態嚴重，只好化嚴厲指責為柔言刺激：「玩股票輸了錢，不想著還錢，只想去死。世間的人若都像你這樣，大家都敢去玩股票了！」

夫妻倆吵吵鬧鬧，煎熬過了兩、三年的苦日子；直到有一天，鐘切在二哥家的茶几上，看到一本慈濟書刊，上頭寫著：「錢財，是我們的跑不掉，不是我們的也強求不來。」當下，她整個釋懷了！

彷彿回到過去——小小客廳裏點著微弱燈光，但吵鬧聲開始轉化成柔和的慰問，大人努力工作，小孩忙完功課也主動協助做電子加工品。

他們累積小錢慢慢去還大錢，也傾盡所有家當，誠心面對會頭及債主。七、八年後，終於清償了所有債務。

一間公寓的一樓，屋內堆滿了紙箱，鐘切獨坐在紙堆中。工作桌上置放一個錄音機，她一邊聆聽證嚴上人開示，一邊埋頭苦幹；眼盯著小小螺絲釘，手搖轉機器，小螺絲釘就釘在小黑盒子上。一個成品完工需經過五道手續才賺八角錢。

鐘切說：「以前景氣好、工人多，這邊沒場所，我還得把加工品搬回四樓的家，做好了再搬來工廠，現在能有這樣的工作場所，已經很滿足了。」

天色已暗、街道燈光通明，周日用騎著一部老舊機車，剛從內湖回到板橋的家。板橋到內湖是他常騎的一段遠路，因打雜的建築工地幾乎都在內湖。周日用說：「幾年前，日資還有一千五百元，現在只剩下一千兩百元。由於物價、油價都貴，如果外食所剩無幾；還好，我都是自己從家中準備好便當和開水。」

鐘切每天清晨四點半就起床，看著大愛電視，與靜思精舍常住師父們齊禮佛；聆聽上人開示後，開始準備早餐和丈夫的午餐便當。她指著身旁的周日用說：「從我認識他到現在，三十多年來，他天天自帶便當和開水，從未在外頭買過一瓶飲料。他對便當菜色需求很簡單，只要一樣青菜加上一點鹹味就好。」

「明天，我要回精舍當護法，四天後就會回來。」周日用微笑說。

「我最近也在忙歲末祝福，只有清晨或夜晚才能找到我。」鐘切表示：「『福從做中得歡喜，慧從善解得自在。』證嚴上人說的話一點都沒錯！」

水蜜桃的約定——王玉鸞

層巒疊翠的梨山路，山嵐縹緲圍繞，彷彿世外桃源，美得寧靜，美得自然……

從埔里到梨山有三條路可通達——一條路經谷關；一條繞道海拔三千四百多公尺高的合歡山，經大禹嶺，兩條路車程都需三個多小時；若經由臺北轉宜蘭，得花雙倍時間，約六、七小時方能抵達。

九二一百年大震，震毀的中橫段尚未完全修復；每遇颱風、暴雨、土石流，就不得不捨近求遠了。

那天，我們隨著王玉鸞來到梨山，車子再往德基水庫方向前行約七公里，就得換乘小纜車直上山頂。

纜車一次只能搭載兩人。坐在纜車上，往前看，風景非常優美；往下看，則深不見底。每一顆水蜜桃，都得坐小纜車下山；而我們想看水蜜桃，也不得不克服恐懼，搭上小纜車。

「這就是『咱家果園』了！」跳下纜車，王玉鸞繼續帶我們往上爬坡，山坡上有一間小屋，那是他們在梨山的家。

「本來是間鐵皮屋，室內約六塊榻榻米大，僅做遮風蔽雨的簡陋工寮！」一九七四年，王玉鸞嫁到劉家的第六天，即偕同夫婿，提著兩只皮箱，從南投魚池鄉搭車六個多小時，再走一個多小時山路，來到梨山果園。劉德清指著它對王玉鸞說：「這——就是我們的窩！」

「我們的『窩』還曾被颱風吹走呢！」王玉鸞說：「現在苦日子已過去了，『窩』也改用磚砌，再披上鐵皮。這間梨山上的家，雖然小小的，卻可多功能使用，不只能放置農作用具、果肥，還可以存放當天採收的水果，可說是麻雀雖小，五臟俱全。」

房子四周有許多老果樹圍繞——三十多年的蘋果樹兩百多棵、水梨一百多棵，加上栽種十幾年的水蜜桃樹一百多棵。捨不得砍掉果樹，重砌的家搭蓋了兩層，以木條做夾層，樓下是客廳和簡易廚房，樓上隔三間小通鋪，容納得下農忙時期全家人居住。

王玉鸞捧著剛從果園採摘的玉米，匆匆走進廚房。劉德清說：「這兒斷電好久了，還好有發電機，聽說再過兩天電就會來了。」

不一會兒，王玉鸞出聲道：「玉米煮好了，有機無毒的，可以放心食用！鍋裏的玉米水也可以喝，很營養、很甜耶！」她動作飛快地遞給每個人一條玉米。

「嗯！吃起來就是不一樣，濃濃玉米香。」愈啃愈有滋味，大家也不吝給予讚美。

「我們家不買菜的，果樹下種了高麗菜、青椒、石蓮、南瓜、胡瓜、地瓜葉、明日葉、冬蟲夏草，都是有機的，地上的草也是有機的！」

屋外鋸好一段段排列整齊的木柴，王玉鸞說，那是用來燒開水、煮青草茶，只有燒菜、煮飯，或趕時間才用瓦斯。

話才說完，王玉鸞又跑到果樹下，這回她摘下水蜜桃，微喘地爬坡進屋：「這裏海拔高，空氣稀薄，也容易喘吁吁。」

停頓了好一會兒，王玉鸞終於服老地說：「唉！有歲數了！」

不等她把話說完，劉德清已搬來了椅子；大家圍坐，望著沒有障蔽的遠山，不禁脫口說：「真的好美！」

八月的梨山微涼，王玉鸞頭上戴的布帽裹住了整個臉，劉德清坐在她身旁，一起望著屋前的斜陽。

「起初，我們租地種菜、打零工、幫人挑菜，賺取微薄的工資過生活；後來，才借錢買了這屋旁的六分地，開始學種水果。屋前的九分地本來是用租的，後來地主要賣便接手買下，現在這塊果園共有一甲半。」

王玉鸞慢慢地說起往事——四個孩子在婚後七年相繼報到，生活重擔接踵而來，剛種下的果樹很小，無法收成；隨著時光推移，果樹漸漸長大……

「看著滿山的果樹開花，卻結不出果實，心真的很酸。」王玉鸞表示，幸好當時孩子小，花費也不多，勉強可以度日。

孩子一天天長大，為了讓他們有好的求學環境，儘管入不敷出，王玉鸞仍是咬牙向銀行貸款了兩百多萬元，在埔里市區買了房子。

新家的裝潢師傅葉柳松是慈濟會員，知道王玉鸞在梨山上種果樹，便問她：「要不要一起來種福田？」

「我家有六個人，一人捐一百好了。」除了捐款，王玉鸞也用心了解慈濟，知道證嚴上人要蓋醫院，她很想多盡一點心力，但想到家裏的經濟負擔還很重，便什麼也不敢多想了。

「那一年，正逢水果採收期，卻聽到颱風要登陸；我心裏求菩薩，讓颱風轉向吧！等順利採收後，我就多捐一點錢。」聽到王玉鸞這麼講，大家忍不住問：「結果呢？」

「結果颱風真的轉向了！那年如願收成好，我將每個月的善款從六百元增加到兩千元。」

後來，王玉鸞又聽到證嚴上人在開示中，提及「錢財四分法」。她心裏想，建設醫院需要很大的經費，若善加理財，說不定可以做更多的布施；於是她將每個月的收入分成六份——生活費、教育費、果樹成本、儲蓄、還貸款和布施。

孩子教育費與果樹成本不能省，固定的儲蓄不能少，貸款和布施則可以彈性處理，「起先，還貸款的錢多於捐款；逐漸的，捐款已多於還貸款。」王玉鸞歡喜地說：「第一年，我捐了一張病床一萬五千元；第二年，捐兩張病床；第三年，捐四張病床……第五年，捐了一間病房三十萬元。」

「從此，我更節省自己，不上美容院、不上電影院、不看到就買，也更勤儉持家，將省下的錢全歸入行善布施。」

提到布施，那分喜悅毫不遮掩地顯露在王玉鸞的眉宇之間，她接著提到一九九四年的道格颱風，「梨山的果農幾乎都損失慘重，不可思議的，我家的果園損失比別人少，還能賺點工錢。」

「錢四腳，人兩腳。」大自然的考驗，現實又無情，王玉鸞感受到汲汲於錢財的追求，心靈永遠處在戰戰兢兢，她和婆婆、先生商量，發願將果園中的水蜜桃樹布施出來，每年義賣水蜜桃，直到為婆婆、先生、自己以及四名子女都布施一百萬元為止。

望見小鳥正吸吮著樹上的水蜜桃汁，王玉鸞輕聲對小鳥說：「這些水蜜桃是要捐給慈濟做好事的，你（小鳥）、我、它（果樹）都有一分功德。真想吃，你就吃掉落樹下的果子吧！」

小鳥、松鼠彷彿都聽懂了她的話，把嬌嫩的水蜜桃留在樹上，只吃掉落樹下的果子，「整片梨山果園，就我們的損失最少。」

為了及時行善，王玉鸞用心用愛，更加勤勞地在果園中耕耘。她高舉雙手，用棍棒攪和著高及腰際的有機液肥說：「認識慈濟以後，我才開始使用無毒農藥。我們的水果很好命耶！喝牛奶、海草精、微量元素，很營養喔！」

劉德清說：「攪和好的有機液肥必須稀釋，再用水管加壓送至果樹根部，液肥比一般肥料成本貴不了多少，只是耗費人力、又耗時間。」

然而，以有機液肥栽種的水果深獲顧客喜愛，尤其是汁多鮮美的水蜜桃；為了避免碰傷，每一顆水蜜桃，王玉鸞都親自採收，再陪它們一起坐纜車下山。

下山後的水蜜桃，得再轉乘九人座車，繞過迂迴梨山路，往花蓮、宜蘭、臺中全省走透透，王玉鸞說，「有了宅急便，才輕鬆許多。」

「近年氣候不穩定，使得二十世紀梨和新世紀水梨結花苞不易，不好照顧、產量少；同棵樹中，一部分樹枝就嫁接果大的雪梨，結果雪梨未如預期中好照顧；最近再嫁接蜜梨。」王玉鸞說：「一棵梨樹多品種，可相互『傳粉』，較容易結果實。」

經營果樹很有一套的劉德清說：「每年七月底到八月半產水蜜桃；八月底、九月初產新世紀梨；蜜梨九月中；蜜蘋果十月；雪梨十一月盛產。收成時間分散，自己收成可以省下許多工錢。」

正因如此，王玉鸞夫婦的果園很少請農工協助，凡自己能做的，從不假手他人；做不來的，凡事用心學習，靠著摸索，慢慢累積經驗。

每棵果樹根下，都栽種了兩、三株玉米，我們好奇地問：「為什麼不多種一點？」劉德清說：「玉米種子泡好益生菌，種植在樹根旁，等玉米長根伸入泥土，將好菌傳給果樹，果樹會長得健康些！種太多，搶走果樹肥，反而不好！」

二〇〇六年八月，寶發、桑美雙颱共舞，王玉鸞從新聞中得知豪雨只降落北臺灣海面，當天即從埔里到達梨山，趕緊採收水蜜桃。

「水蜜桃原本年採收約五十萬元，該年收成不到五萬元……」不在意得失的王玉鸞表示，只要心中有善願，相信老天爺也會來幫忙。

她提到兒子冠佑，在臺北讀五專時，功課總在及格邊緣，還學會抽菸、喝酒；後來，她決定讓兒子上梨山種果樹、採水果義賣。

參與農事、跑遍全省賣水蜜桃，讓冠佑從中體會父母的辛勞，也變得懂事許多。他告訴媽媽想插大，卻靜不下心來讀書，王玉鸞鼓勵兒子要發願：「考上大學，就去參加慈青，做利益人群的事。」

在媽媽循循善誘下，冠佑不僅如願考取大學，戒菸、戒酒成為慈青；畢業後，又考上臺大研究所，目前在科技公司擁有一份好工作。

「人生有目標，走對方向，就會有衝力！」王玉鸞說，兒子曾經反對她布施，覺得她省吃儉用拚命工作，有錢也不會出國旅遊、消費享受，簡直像走火入魔。「將錢用在最需要的地方，對我來說，才是人生最大的享受啊！」

油桐花下的春天——楊遷與陳金貴

淡淡三月天，土城大尖山上，油桐樹賣力長新綠，杜鵑也相爭豔。楊遷和陳金貴，輕巧地爬上山頭，兩人手牽手穿梭在油桐間，鶼鰈情深。

沒有慈濟活動的日子，楊遷和陳金貴就一起去爬山。從山下的家，沿著木棧階梯往大尖山上爬，滿山的綠、蕨類植物叢生，唯獨油桐光禿，正賣力演新生，迎向四、五月的花開。

「過溝菜！」陳金貴驚呼。

「好嫩喔！小心！」楊遷深情望了老伴一眼。

兩人牽著手，彎下腰去採擷鮮嫩的過溝菜。身材纖細、不識字的陳金貴機靈地說：「處處是學問，學了好久，才能識別出可食用的過溝菜和山野菜。」

近山頭，有處微凸平整地，政府派員挖地建涼亭。楊遷指著地說：「這大片地，是我和金貴多年來同心合作將雜草割除、整地、鋪上石子，方便人來人往好停歇的。」

山頭的相思樹上，掛著鐵製雙環圈。幾年前，陳金貴從那裏摔下來，跌裂第五節脊椎，整整躺在床上休息了八個月。接著戴上硬式護腰兩年、再戴上軟式護腰一年多，生活起居多有不便，都是楊遷形影不離在身邊照料她、安慰她、鼓勵她。終因「一顆愛做慈濟的心」，讓她重新爬上山頭，再拉起那曾讓她重重摔落的雙環圈。

陳金貴說，躺在床上的那段日子，雖然鼓勵楊遷去做志工，自己卻偷偷蒙在棉被裏落淚；深深體會出上人說「能做就是福」的道理，於是更下定決心要努力找回健康。

繞過石階，走往山下的家，穿過新綠枝芽的桐林。同心期待，油桐奏起春之舞曲——叢叢白色花景、空氣飄著花香，旋轉飄落的花朵鋪成了白毯，宛如「五月雪」般的美。

「以前，邊爬山邊撿拾可回收資源；現在，大家淨山成習慣，難得找到可回收的物資。」楊遷很得意地說。

從多年前開始，一部野狼一二五陪著他們，走過大尖山、圓通寺、烘爐地、承天寺、甘露寺，最遠到達陽明山；車後吊掛著兩袋、四袋、六袋的鐵鋁罐，腳前還夾著一大包回收物；他們不怕烈日、酷寒、細雨紛飛，飛馳在崎嶇蜿蜒的山路中。

「中和高中建地後面的小山丘，有很多鐵鋁罐！」

「烘爐地廁所後方的山坳處也有！」

「墓園的凹處，鐵鋁罐好多喔！」

只要有人告知哪裏有回收物可撿，那裏就可以看到他們的身影。無論刮風或下雨、白天或晚上，帶著便當、麻袋，兩人就尋寶去；他們曾經在同一個地方，撿回十個麻袋的鐵鋁罐。

「最難忘的是有個下雨天，我們兩個身穿雨衣、手拿長鉗，撿著撿著撿到墓園。因深凹處較多、鐵鋁罐也多，我們如獲至寶似地彎著腰低頭一袋袋撿拾。」陳金貴說，先生在凹處撿，她在上方接，突然聽到一句：「這麼勤勞啊！連下雨天也來撿骨喔！」

「我們是來撿寶，不是來撿骨的！」他們大聲地回應道。一個墓園深凹處，足足「撿寶」七天。

慈濟中和環保站裏，一群老人圍繞在堆積如山的紙堆中，將紙類作全白、中白、厚紙、報紙等細分。

「將紙類細分，可以多賣一點錢。我們用時間、『賺工錢』給慈濟。」每週一、五下午，是楊遷、陳金貴特意安排屬於自己的環保日，受過傷的陳金貴只能做較不吃力的紙類回收，楊遷則選擇較粗重的隨車工作。

「做習慣了，一點也不覺得累！」隨車工作非常辛苦，年歲已高、身體還很硬朗的楊遷說：「大約每兩週就得到兒子的辦公處，一次回收約半卡車，大部分回收物還是價格很高的紙類呢！」

望著來訪的父親，楊嘉福告訴大家：「父母走入慈濟做環保後，臉上才逐漸有了笑容、也變得開朗許多。」

「母親以前很『莊嚴』，現在也很『莊嚴』，只不過現在的莊嚴和以前的莊嚴完全不一樣。以前的莊嚴是嚴肅，嚴肅到媳婦都怕她，現在的莊嚴是有笑容又慈悲，慈悲到婆媳情同姊妹般無所不談。」楊嘉福風趣地說。

媳婦聶慧仙也學夫婿在上班的地方設立了資源回收點。她說：「我知道公婆喜歡做環保，也知道他們想藉環保帶動家人走入慈濟。我也希望先生能參加資源回收，改變一些不好的習慣，但那時他總是說：『撿那些破銅爛鐵做什麼！』」

「中和高中有大型資源回收，你參加一次，一次就好！」聶慧仙輕柔地邀約楊嘉福。

楊嘉福抵不住太太的溫情邀約，終於答應前往。

「一次就上當了！」看到太太、父母的投入，以及現場志工們的熱絡，楊嘉福也走進了慈濟，戒除了菸、酒等壞習慣。

「剛認識時，陳金貴手痛、楊遷腳痛，兩人滿身是病痛。」志工簡滿英說：「我要帶孫子，每有慈濟活動無法參加，就央請他們代替，陳金貴都會說：『我歡喜去結緣！』」

「慈濟活動大多在假日，假日理髮店生意特別好。」楊遷笑笑說：「為了全心做慈濟，我們賣掉店面轉買住家。當時還被鄰居一位小學老師誤會，他看我們好好的生意不做，又賣掉房子，可憐到天天撿破爛，還以為是為了躲賭債！」

「我和金貴兩人辛苦了半世紀，現在除了幫忙做家事，讓兒媳安心上班，剩下的時間就是做慈濟。」楊遷和陳金貴相攜相扶持的身影，令人羨慕。

走過人生路，點滴在心頭。楊遷、陳金貴展露出璀璨笑容，宛如大尖山上盛開的油桐花般明淨亮麗。

染回原色——張振隆

「藍染衣服，經過長時間、多次的水洗，顏色會逐漸變淡……」自稱一生青春「牢」中過的隆仔如是說。

人生這塊由白被染黑的布，經過長時間的歲月洗滌，也總有見澈本色的時候，「隨著年齡的增長，總是該覺醒了！」隆仔語重心長地說：「面對大染缸，我必須不斷地攪拌，因為只要一停頓，這一大缸的染劑就前功盡棄了。」

人生不也如此，想改變、想重新染色，唯一的一條路，就是堅持。

貓空，山城很美，觀風與水的流動，看枝葉隨風搖曳，也許可以陶冶旅人的心。但對幼年飽受體罰的隆仔來說，山下閃爍的霓虹燈更是他嚮往的所在。

小時候，隆仔是四個兄弟中被打得最慘的。也許是頑皮，不論在學校或家裏，只要是壞事，箭頭都指向他。「那時我有苦無處訴，說了也沒人相信我。從此以後，無論發生了什麼事，我都不會回家哭訴。反正大家都認為『不聽話就是不乖』，既然大家都說我壞，那我就壞到底。」

剛上國中不久，隆仔家中遭遇了土石流，不得不搬遷到山下。繁華市區的物欲引誘，讓隆仔在校期間就跟著畢業的「角頭」學長當混混，對那時的他來說，夢幻的霓虹人生才是生活。相較之下，他覺得跟著父親種田、做山事太辛苦了，錢也太難賺了。

他鐵了心，畢業後就去當流氓；一步錯，步步錯。隆仔深深懊悔地說：「當我再回頭，已枉過了一生最寶貴的青春。」

當流氓的那段日子，隆仔以「壞事做盡」來形容。開「賭場」是他賺錢的工具，每次贏錢的人都得向他交付佣金。「想想看，去賭博的人，怎能賺得走『賭錢』回家？」

除了設「賭場」，隆仔也和朋友合夥開色情咖啡廳。後來，他覺得靠女人賺錢不太「體面」，於是要求拆夥。友人應退還他一百萬元，隆仔只要求五十萬，卻追討了三年還要不到。

「你現在沒錢還沒關係，我可以等，一年、兩年或三年，但總要給個時間。」他跟友人說。

「好！一個月後來拿錢。」友人爽快答應。

擔心朋友避不見面，隆仔找來一群流氓弟兄，提早一個小時抵達友人家門口。果真，將爽約的他逮個正著，於是群起圍毆把對方打成重傷。

隆仔理直氣壯對法官說：「是他欠我錢，我還給他籌錢時間。時間到不還錢，是他擺明了要吃我，我哪有不對？」

法官回答他：「就個人來說，你是沒錯；但在法律上，你犯法了，就是不對！」

他覺得法官說得有理，當下認罪說：「我服了你。」

他被判刑十四年。

「別人離婚需蓋三個章，我蓋一個就夠了！」隆仔感嘆說。入獄後，太太向法院申請離婚，他得無條件放棄婚姻。妻離子散，頓然覺得自己失去了所有。

住進只能側身睡的團體牢房中，隆仔幾度因上廁所時獄友翻身占了他的床位，導致彼此互毆，而轉住暗無天日的個人牢房。

兩道微光從牆上射入牢房，無人可以對話，他故意把食物掉落地上，讓螞蟻自投羅網，又將水圍繞螞蟻一圈，對著逃不出重圍的螞蟻竊竊私語，「自投羅網，是誰惹的禍？禍又是誰在受……」

孤單和寂寞相伴下，交由母親和弟媳扶養的九個月大孩子，是他的唯一希望。

過了九十天獨居的日子，後來轉至較大牢房，看到同房夥伴寫字錯誤百出，屢鬧笑話，個性好強的他，開始閱讀武俠小說、散文集、小品文，才愈發感到自己識字不多。他決定手抄《大辭典》，手抄了兩部，共寫了六千多張稿紙。

從寫與閱讀中，他找到活下去的勇氣和樂趣，也漸漸理出思緒。

服刑六年六個月後出獄，當他離開囹圄、再見陽光時，已三十七歲了。出獄當天，來到故鄉好友家，摯友家中種了許多盆栽，任他挑選作為自己的「新生」賀禮。他選了一盆紫檀，整株枯木上只長了一小株嫩芽。隆仔心中盤想：「只要有一絲希望，連枯木都想新生，何況生為人的我。」

回家後，他燒掉了所有電話簿，斷絕過去交遊，天天細心照顧這株紫檀嫩芽，有了「枯木逢春」的體悟。「以前，我胡作非為，耗盡半生歲月，多不值得；今後，只要我可以學的，我都要努力去學習。」

弟媳開設茶坊，隆仔坐在櫃檯裏協助。

「二伯出獄後，約有一年時間足不出門，他獨自坐在茶軒的櫃檯裏，低著頭玩撲克牌，一副撲克牌可以玩上一整天。」

一次，他比弟弟和弟媳晚回家；不意，盯著門外、望眼欲穿的母親，一見到他就叨念著：「剛回來，又要出去闖禍！」

聽到不被信任的話，隆仔難過得差點想再走回頭路，幸好，他已將電話簿都燒毀了。

為了兒子，為了養家，隆仔開始以打零工維生，只要有人僱請，他不怕苦、不擇輕鬆工作。只是天不從人願，在建築工地工作時，他摔傷了，傷及坐骨神經，很長一段時間無法工作，沒錢就醫又不好意思向雙親開口。他向多年好友借兩萬元看病，朋友應允了，卻從此再也不接他的電話。

「連自己的母親都無法信任我，我還能央求朋友用何種眼光看我呢？」心念一轉，他不抱怨朋友，也不再怨嘆母親。從此，除了工作，他盡量少出門，讓母親少煩惱、少擔憂，學當一個能「順」的兒子。

每當深夜，有苦無處訴、有壓無法解，直到快受不了，又怕傷到別人，他就帶著頭燈往山上走。

夜裏的山寧靜、漆黑，蟲鳴、蛙叫、毒蛇，踩著蹣跚的步履，一步步往山中走去，穿過馬路，爬上石階，穿過竹林、大樹，腳踩在芒草上，走入墳場中，他放聲高喊：「啊—啊—啊——」只有涼風呼嘯，陪伴著他度過一個又一個淒涼的夜。

漫漫長夜難眠時，他會在孤燈下寫著心情記事——

「走了一生的路，幸福是靠不了的岸；千言萬語，留不住失去的所有。無須挽留，無須感慨，至少曾經擁有……想不通！我還讓苦澀煎熬！別再急著解釋什麼，無言也許是最好的……」

「數不清多少這樣的夜晚，輾轉難眠、萬般苦澀，疼痛的心常在冷寂的夜裏掙扎，求的只是那一點點的親情與關愛，能夠在精神上給予支持，不要讓我有如想要靠岸休息的船隻，卻找不到停泊的港口，不知所從。」

在苦澀的心情中，隆仔漸漸體會到母親的愛，只是在那個「不打不成器」的年代，對他造成了很大的傷害。

從木柵指南國小旁，沿著水泥、石板交錯的階梯而上，是一條長約四點三公里的茶路古道；隆仔和親友們認養了其中一公里，一有空就輪流去巡視古道，邊走邊撿垃圾，看到水泥砌的階梯有破損，也會主動補上水泥，讓來往行人能安全行走。

古道兩旁種著茶樹、竹子，拾階而上，常可見被露水沾溼的細小竹葉，稀疏掉落在被磨損的石階上。

隆仔除了認養茶路古道，也加入社區營造行列，跟著社造團隊調查貓空的一草一物，踏遍山中每寸土地，沈澱的心慢慢感受到故鄉的純樸之美，因而一頭栽進文史調查與社區營造的工作中。

「學習，也需要一點『霸氣』。以前用『霸氣』去學壞，讓我失去很多；現在用『霸氣』學知識，內心感到很喜悅。」他抱持著「別人可以，我怎麼不可以」的學習傻勁，努力鑽研，從古道或住家附近既有的植物取材，融入藍染、敲拓染、草編、手抄紙等課程中，成立了文史、生態結合的工作室。

他從山區步道找出適合做染料的樹種，研發各種絲巾、頭巾、手帕、提袋、衣物等染布作品，讓工作室結合當地茶坊業者，規畫生態導覽和植物染現場手作等課程。

「做生意也需要有創意，總不能死守等待。」隆仔走出社區，隨緣隨處開班授課，將植物染技術傳揚出去；在藍染世界裏，他找回了生命的價值，也染出了一片藍天。

「這輩子，從沒想過會站在講臺上當講師，也沒想過我的學生會遍及社會各階層，還有碩士、博士呢！這樣的日子，相較於紙醉金迷的生活真實多了；用血汗錢買東西，吃起來也特別香甜。」隆仔努力扭轉人們對他的評價，「我不願讓人說，我的孩子有一個流氓父親！」

「出獄回家，兒子已經上國中了，正值青春叛逆期。小流氓帶那麼多，不信自己連一個孩子都帶不了！」自信滿滿的隆仔，卻碰上了鐵球：「孩子不愛讀書，不去上課。我念他一下，他竟然就一個星期不回家；問他為什麼沒去上課？他竟然回答我：『不爽！』」

一連串的親子問題，在隆仔的腦海中不斷迴盪，他慎重地對兒子說：「對的事去做，我會永遠在你的身邊；不對事的去做，你得自己承擔後果。」

未滿十八歲前，兒子要求騎機車，隆仔問他：「你憑什麼來騎我的機車？」

孩子沒有理由，只好摸著鼻子走。

剛滿十八歲，兒子又不服輸地亮出「駕駛執照」說：「爸爸，我要騎機車！」

這回，隆仔沒第二句話，爽快答應：「車子，你可以騎走！」

「下午五點多拿走鑰匙，騎出去不到四個小時，他的機車就去撞大客運，自己撥手機告訴我：『爸爸，我的腿斷了！人在木柵動物園附近……』」

母親責怪隆仔太過縱容孩子，他解釋說：「有駕照，不給他騎，他也會向別人借。」

每隔三天，隆仔就得背著兒子搭車下山換藥。聽到孩子喊痛，他只能心疼地說：「任何事，爸爸都可以代勞，只有『痛』，我無法替代！」

「這樣給孩子的教訓比教他一百遍還有用。從此，孩子騎車非常小心。」隆仔說，兒子受傷後，反而拉近了他們親子間的距離。

清晨五點，隆仔就起床上山做事，他踩遍了自家的山，用鋤頭、鐮刀卯足了力鏟除雜草。他說：「也許是老天要考驗我，新買的電動鋤草機，第一天就掛了，我只好拿著鋤頭除去雜草，三個月下來，草快被除光了。」

「三個月前，父親檢查出得了肺癌。他一直掛念這塊讓他養大七個孩子的山地。」隆仔為了安父親的心，許下承諾說：「山事我來做！」兒時，與父親在山上種青菜、水果，滴滴汗珠落下土，一幕幕情景，宛如電影般在他腦中快速閃過。看著滿山荒蕪的雜草逐日消除，隆仔指著一身晒得古銅色的肌膚，微笑說：「小時候，最不喜歡上山做事；現在再苦也要學彌勒佛，讓自己天天都做得歡喜。」

「鋤草、栽種果樹、蔬菜、茶，不同季節的果樹各種幾棵，不同生產期的蔬菜也各種一些，這樣一家人就可以不用買菜了。」一直到近午，隆仔才回到工作室，做自己喜愛的植物染，有人預約外聘教學，他會自備教材到現場，賺取鐘點費。

「幾年來，二伯改變了許多。以前他是一副兇相，孩子們都很怕他，見了他還會躲開！現在孩子們很喜歡他，還會主動找他聊天呢！」

夕陽餘暉，照亮貓空。由室外平臺藍染教室望去，山很美，一部部來去緩緩行駛的纜車，從山坳過，更是難得的美景。

看過很多人想「更生」，卻還在監獄裏進進出出，隆仔回想出獄後的經歷，很想告訴他們：「你的生活，別人沒有參與過，無法理解，更無法教你如何走出自己的人生；唯有『自覺』，才能救你自己，想改變、想開始，永遠都不嫌太晚！」

曾經迷途今知返——陳建凱

「從小喜愛表演，沒想到會把表演當成工作。」曾擔任中廣流行網「愛情萬萬歲」節目主持人的陳建凱說，雖然每天只有一小時節目，但他得花上三、四小時，獨自一人關在錄音室裏，找音樂、找相關的新聞題材。

一年下來，他覺得自己掏空了，需要再充電；與人的互動也變少，覺察不出製作的節目對社會有何意義與價值；於是，在職場上且戰、且走、且試的他，主持廣播節目的同時，也參與舞臺劇演出，希望培養自己演戲的底子。

「一場劇從排練到演出，歷時約三個月，排練無薪，演出才支薪，每月平均所得五、六千元，這樣入不敷出，怎能說服反對我演戲的母親，讓我繼續演下去？」家人反對，陳建凱依然堅持走自己想走的路，「劇場，是一群人共同努力、共享成果，人與人之間的互動無爭、無求，那種感覺很美。」

劇場的演出，讓他有機緣接下電視劇。「第一部參演的是大愛劇場《黃金線》。」陳建凱想起試鏡前，導演陳慧玲問他：「你飾演智障者好嗎？」他心裏想著，難道他看起來傻傻的？嘴裏則回答：「試試看！」

親戚家中有唐氏兒，陳建凱仔細觀察他的一舉一動，用心揣摩，沒想到一試鏡就被錄用，讓他非常開心。

身為新手演員，陳建凱很緊張，為了更深入揣摩角色，開拍前兩個月，每週三次前往士林啟智學校和孩子們玩，觀察他們講話的眼神以及互動的樣子。

不意，開鏡前兩天陳建凱出了車禍，腳骨折打著石膏，手執枴杖走路。「不能因為我造成劇組不便，忍著痛，能演就演！」他這樣想。結果劇本臨時改編，讓他撐著枴杖，「真實人生」地上演了兩次戲碼，腿好了才丟下枴杖，回歸正常演出。

《插天山之歌》影片，呈現臺灣人被殖民的悲哀及奮鬥再生的希望。導演黃玉珊邀陳建凱飾演第一男配角，這樣的機緣理當不能推辭。

「劇中角色是客家人，劇本寫的是客家話，我又不是客家人、不會客家話，怎麼辦？」距開拍只剩一星期，陳建凱不想做沒有把握的事，當場更不好意思拒絕，於是請經紀人藉口推託，沒想到還是被錄用了，他只好挑戰看看！

「導演請專人教我，每天賣力學習客家話、背劇本。當時，壓力大到每天做噩夢，夢見自己每次NG、NG、再NG……」這部片子後來被提名角逐金馬獎，雖然沒有入圍，但自我挑戰成功，讓陳建凱覺得很光榮。

在黃玉珊導演的推薦下，正籌備大愛劇場《矽谷阿嬤》的製作人潘婕，也安排一個「北加州師兄」的角色給他。《矽谷阿嬤》拍演結束已是五月中旬，慈濟在中正紀念堂舉行浴佛大典，他不僅去參加，還興起參加培訓慈誠隊員的念頭。

「也許是道心不夠堅定，雖然想卻沒去實踐，這樣一耽擱就是三年。二〇〇九年，我生了一場大病！病中才體會人生無常，要把握因緣做該做的事。幸好二〇一一年三月，接到經藏演繹的邀約，讓我再度結上慈濟緣。」

在經藏演繹中，陳建凱飾演「意望深無底」的助理，「知罪肯懺有悔意，從來罪福不相欺」；「身三惡業」中的流氓，「邪淫罪業無巨細……淫欲業障難消除」；「語四惡業」中的迷信者，「語中不含真誠意，妄語欺人也自欺」；「惡鬼惡道」中的獵人，「飛禽走獸欲吃遍，所吃均為群生體，所喝均為血濃漿」；「人天餘報」中的喝酒者，「酒池肉林夜未央，嗜欲無度成糜爛，人天餘報應慎防，病入身心成膏肓」。

五月到花蓮靜思堂首演，陳建凱夜裏夢見了證嚴上人，「上人輕柔地對我說：『回來就好！』當時我體會不出『回來就好』的意思，直到回家後細讀當年演《矽谷阿嬤》的劇本，看見一句靜思語：『對的事情，做就對了。』才突然間懂了！」

陳建凱即知即行，立刻報名慈誠見習課程。

「苦海茫茫無邊，回頭明明是岸，三障諸惑應斷，諸佛聲聲呼喚……」陳建凱說，經藏演繹「終曲」的偈頌，宛如上人對他殷切的呼喚；他期盼自己能如「至誠發願」所云：「日出東方消昏暗，浪子迷途能知返，我今一一誠發願，淨如琉璃化人間。」

「入經藏法會，讓我得知一切都是因緣果報。」陳建凱真心表示，茹素半年以來，始料未及的是體力反而比以前更好，身體也比以前更健康了！

「母親的堅強韌性及腳踏實地的做事態度，是我在工作中為人處事的好榜樣。」國三那年，陳建凱的父親在自家開的鐵工廠裏，手被割傷幾乎見骨，一年無法工作，工廠暫時停工。為了籌措孩子們的學費，母親到處打零工，累了一整天回到家裏，還得陪丈夫到醫院做復健。

「看到媽媽的辛苦，我是長子又是獨子，覺得家庭需要我，就跟媽媽說，我想休學打工。學校導師知道後，自掏腰包要幫我出學費。」陳建凱興沖沖地趕回家告訴母親，母親卻說：「你只要乖乖讀書，所有事都不用擔心。我們家孩子的事，我會自己負責。」

雖然體恤母親的辛勞，但陳建凱也不諱言，年少時的他很叛逆，個性固執又堅持，母子關係不好。讀高中時，與同學約好到海邊烤肉，當天正逢強烈颱風過境，新聞報導不適宜外出，媽媽勸他不要去，他還是執意赴約。

回想當時，陳建凱的母親說：「他的理由是，已經答應人家了不能失約。為了安全，我和他堅持很久，還是勸不聽。我只好以死威脅，他還是不讓步，反抱著我哭著說：『要死，我們就死在一起好了。』他就是這樣一個堅持己見的孩子。」

於是，圈外人看著光鮮亮麗、虛幻、遙不可及的演藝圈，母親自然還是有她的擔憂，「你進演藝圈，沒背景、沒靠山、生活作息又不正常，我怕你會被帶壞了。」

「媽媽愈不支持我，我就愈要做給她看！」惡劣對立的母子關係，從陳建凱進演藝圈一直持續；如今，他很開心地說：「萬萬沒想到，在這次經藏演繹中，我和母親的感情終於修復了。」

「上人說，這不只是演出，而是法會，我們都是入經藏菩薩。參與法會一次，心就被洗滌一次；我深深體會到，要當上人的好弟子，理應先做好『當媽媽的好兒子』這項功課。這半年來，我努力學習。」

「法入心，自然善念生，覺察人事於微細中。」陳建凱舉例說：「有一次，媽媽幫我收衣服，沒想到我竟能脫口說出：『媽媽，感恩您！』以前對我來說，那是一件極困難的事，現在還可以很自然地和母親擁抱、談天說笑呢！」

「媽媽已經不反對我了，反而支持我演好戲、做好事；她也不反對我吃素，健康見證，讓她不但主動為我準備素食，也親自做了美味素食，讓我彩排時帶去和大家結緣。」

陳建凱忍不住說道：「入經藏這半年來，我的收穫真的是太多太多了，也得到太多智慧了！現在，我已經能冷靜地以因果觀來和家人分析、分享，也能幫母親分勞解憂。」

啟發悲憫的心——徐木水

一九九七年暑假，北區的曾美玉師姊問徐木水醫師要不要參加慈濟舉辦的義診？徐醫師回答：「我去看看！」

第一次參加義診是在新竹縣尖石鄉石磊國小。眼見耳聞的都讓他十分納悶：「為什麼每個人都放下自己的工作不做，老遠跑到山上參加義診，還滿臉笑嘻嘻的？為什麼這麼辛苦為患者看診，還反過來去感恩他們？」

儘管如此，他仍繼續參與義診活動。更在一次親身經歷之後，與慈濟結下不解之緣。

一位酒後肇事導致半身癱瘓的病患，復健做得不好，到義診中心求醫，最後決定將病患轉介到花蓮慈濟醫院動手術。為了完成轉送任務，呂芳川師兄和義診醫療成員們，開了兩部九人座的車，一前一後，花了十八個鐘頭，將病患從新竹偏遠的山上，安全送到花蓮慈濟醫院就醫。

「那次真正讓我看到了慈濟人的大愛精神，將社區關懷和醫療照顧做了最好的結合。」深深被感動的徐木水醫師說：「就在那一年，我參加了慈濟人醫會。」

從此，回到竹北繼續執醫的徐醫師，面對病人時，總是充滿了從容愉悅。

「新竹、桃園的慈濟人醫會，每個月固定兩次的上山義診，我很少缺席過。」從義診活動中，他找到人生的價值和修行的方向：「義診是修行的好道場，無處不是在說法。」徐醫師意味深長地說。

徐醫師的學醫之路並不平坦，他感恩當年艱困的環境成就了他：

「小時候要和哥哥到田裏工作，讓我真正體會到『一分耕耘，一分收穫』的道理。」

「大姊的學歷最低」，徐醫師的眼眶有些溼濡：「為著我們弟妹四人，她犧牲自己求學的機會，初中畢業就到臺北工作，賺錢供應我們學費，今天手足中才有博士、碩士，也有醫師。」

國小高年級級任導師劉火榮，則是徐醫師的恩師。當年縣長獎都是留給有背景名望的子弟，劉老師堅持按照成績排名，畢業時他才能領到縣長獎。「這個獎對我來說，具有很深的意義。」

上了國中，家裏仍然困窘，沒有錢參加補習。班導師陳興讚，很鼓勵同學提問。

「有一次，我問老師問題，他正忙著。當天晚上九點鐘，陳老師特地騎著腳踏車到家裏來為我解題。」老師認真無私的身影，深深打動年少的他。

高中畢業後，徐醫師考上了臺大畜牧系，卻遭到父親的強烈反對：「我沒上大學，豬還不是養得好好的？」第二年重考，進入臺中中山醫學院牙醫系。學費是向臺灣銀行申請助學貸款，至於生活費就要靠自己想辦法。苦讀六年，每到假日就去當建築工人，賺取生活費。

大學畢業，服完兵役，開始行醫，徐醫師終於出頭天了。

說起慈濟因緣，徐醫師記得當年行經花蓮，坐在計程車上，司機忽然指著路旁，好意問道：「這是慈濟醫院用地。那位師父就在靜思精舍，你要不要去看一下？」已經參加基督教團契的徐醫師直接拒絕了。

慈濟醫院啟業舉辦義診期間，正在三軍總醫院擔任醫師的他，也曾利用假日與夫人來到花蓮慈濟醫院參觀。在醫學中心服務的他，看著只有兩百床規模的小醫院，質疑它能發揮多大功能？所以他的腳步只停駐在慈濟醫院大廳。

「不過，大廳的佛陀問病圖和彰化基督教醫院為門徒洗腳的圖，感覺精神很契合，倒是震撼了我！」

「從慈濟醫院回來後，大姊幫我寄來《慈濟月刊》和《慈濟道侶》，從刊物中慢慢了解慈濟。」說著說著，徐醫師又掉下了感恩的淚水。感恩大姊鍥而不捨地牽繫著他與慈濟的一線因緣。

一九九二年，徐木水醫師回到竹北老家開業。

診所中，偶爾會有鳳山寺的出家人來就診。徐醫師從出家人填寫的病歷表中，發現工整的字跡。看著出家人莊嚴清秀的臉龐，他好奇問道：「你們在俗家，大概讀到什麼學歷？」

「他是博士畢業，我是碩士，另一位是清大，還有他是交大。」出家人從容不迫地說。「你們有那麼高的學識，為什麼要出家？」「那是我們的福報啊！」出家人異口同聲說道。

過了幾天，那位出家人送了一套《菩提道次第廣論》給徐醫師。看完這一套書，他意猶未盡，又去請了一套印順導師的《成佛之道》。

「佛法開始深深地吸引著我。」徐醫師微笑著說。

除了大姊不斷給予慈濟訊息的養分，也接觸了鳳山寺的出家師父，開始涉獵佛法的徐醫師，對佛法講求的「信解行證」有一番新的體認：「佛法講求內修，依靠的是『個人』力量；個人去修行，有德有慧才能去度化他人。」

「看了月刊和道侶，我了解到慈濟的人文精神與基督教所倡導的『博愛』襟懷，竟是這般契合。」

「佛教不僅具有基督博愛的精神，同時也重視個人的內省和自修。這樣的大乘佛教正是我在追尋的，而它就在慈濟。」在茫茫的人生大海中，徐醫師終於找到了方向。

永遠記得第一次讀那淺顯易懂的《靜思語》，徐醫師居然毛髮皆豎，好像被電到一般，「原來佛法就在日常生活中，處處都是無聲的說法。」

就這一念心，已經牽延十多年的因緣又與慈濟接軌。

九二一大地震前夕，徐醫師在花蓮向證嚴上人告假，準備參加印尼國際義診。

二十一日回到家，傍晚即接獲緊急通知，投入南投救災工作。救災義診活動快速周延地展開，徐醫師接連好幾天都無法回家，預定的印尼跨國義診也取消了。

直到大陸安徽省銅陵縣義診，徐醫師才跨出了全球義診的第一步。一位婦人身上背著兔唇的孩子，走了兩個多小時的路，匆忙來到慈濟義診處。婦人說：「我的孩子已經開過兩次刀了。臺灣的醫師，你們有沒有辦法看好我的孩子？」由於當地缺乏設備，只得將病患轉介到大醫院就診，由慈濟支付醫療費用。

「看到母親為孩子焦慮的模樣，讓我想到自己年幼時曾得到百日咳，母親揹著我，焦急地到處找醫師的情景。」那一夜，徐醫師徹夜難眠，淚水浸溼了棉被。好不容易熬到天明，急急打了越洋電話，對著話筒深情地說出：「媽媽！我愛您！」

徐醫師徐徐吐出：「義診，它真正啟發了我心深處那顆悲憫的心。」

用爬的看個案——胡玉珠

有個機緣，能到老三師姊的家；也才有個機緣，能聽到她說起「古早」的故事。那是幾十年前的慈濟故事。

老三師姊，一頭白色的「智慧髮」，慈顏中帶著紅潤；走過「痛」的苦，也能面帶笑容；可以穿透人心的「智慧眼」，寫著「臺北慈濟人」曾經走過的歷史。

一九七二年，靜銘（超大師姊）接引了陳美珠（老大師姊）、楊玉雪（老二師姊）、胡玉珠（老三師姊靜緣）一起進來慈濟。他們長幼有序，按照年歲排序。之後，她們用心在臺北地區引領了更多的慈濟人。

老三師姊說：「當時，臺北鄉下的交通還不是很方便，看個案真的很不容易，常常要跋山涉水，以步代車。雖然過程很辛苦，但是如今想起來也很有意思。」

「有一天，靜銘師姊、靜鴻師姊、老大師姊、老二師姊和我，浩浩蕩蕩到瑞芳再過去的牡丹坑看個案。那裏叫不到計程車，我們就從瑞芳租了一部鐵牛車，三個輪子的鐵牛車走起來搖來晃去。一路上，又是大石頭，又是碎石子，鐵牛車碰到大石頭，車子就會『歪來，倒到那邊去；歪去，倒到這邊來。』大家都怕得『哀哀叫，哀爸叫母』！」

這個個案是案主在臺北醫院就醫時，他人轉報給慈濟的。出院後，只留下牡丹坑的住址。依照慣例，個案經過三個月後必須複查和訪視，關懷案主是否需要繼續補助或關懷。

「到了牡丹坑，按照住址去查，才知道個案住在牡丹坑的山上。我們坐著鐵牛車到牡丹坑，必須再步行三十分鐘才到達案主家。

『你們從這邊爬上去就到了！因為在修路，這是唯一的一條路。』

有位熱心人士這樣告訴我們。

天哪！陡峭的山壁，經過雨水沖刷形成一條鴻溝。我們攀爬著鴻溝上去，看到滿是青苔的山壁時腳都發軟了！老大師姊穿著高跟鞋，也跟著我們一起攀爬。我們一邊拉著、一邊踩著、一邊攀爬著，真的用『爬』的上去。爬上去還會滑下來呢！真是驚險萬分啊！」

好不容易爬到山上，只見到梯田中孤單的一間小茅屋，就是案主的家。「到了小茅屋，案主和家人『好禮到雞抓著就要殺』，要來款待我們。我們直告訴他：『我們是吃素的，吃素的！不吃葷啊！』

回家的路上，已嚇得發軟的腿，再也不敢走下坡的陡峭山壁了，只好走正在維修的馬路。雨天剛過的馬路滿是爛泥，踩下去要提起腿時，真是不容易呢！『愛美』的老大師姊，高跟鞋踩在爛泥中，當要提起腳時，鞋跟突然斷了！大夥兒只好慢慢地走下來。再坐著那部搖來晃去的鐵牛車回家。」如此辛苦，才看過一個個案。

十八道菜上桌了——王靜慧

我出生在臺南市，小時候一家人跟著信佛的母親持早齋，當時我就偏好素食，認為不殺生是好事。

婚後我與公婆同住，下班後婆婆已煮好飯菜，只好行方便素；因無法顧及營養，造成血紅素不足，有一段時間身體不適。後來我把工作辭了，當起家庭主婦，才開始學煮素菜。

我花了一千元，學會十八道素菜的作法，天天在家練習，從中變化、發揮；遇到好吃的素食，也不恥下問，央求對方傳授，然後煮給家人、親友品嘗；甚至利用慈濟舉辦小型茶會的機會，做素食和大家結緣，了解大眾口味。

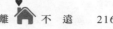

做菜其實不用靠天分，靠的是經驗累積，愈做就愈會做。例如一斤豆包可以吃一個星期，但一定要變換不同口味，像是紅燒豆包、豆包炒番茄等，才不會吃膩；大白菜放些清水煮到軟，可以作湯底，再調味、添加一點素料，清淡又可口；九層塔洗淨，風乾、切末、拌鹽，用橄欖油快炒，作成九層塔醬，可以拌麵條；馬鈴薯泥加紅蘿蔔丁、玉米粒、豌豆仁，就是小朋友愛吃的薯餅……

食材可以多變化，但也有一些訣竅。如黏黏稠稠的麵線羹，沒吃完可加熱再吃，若添了紅蘿蔔，反覆煮容易糊掉，不如加筍絲、金針菇、木耳絲、香菇絲，怎麼燙都還能維持一定的口感。

吃素至今已經二十年了！長期的烹調，使我靈感不斷，也由於敢大膽嘗試，可以將大自然的食材美味一一呈現出來。漸漸的，婦女會、里民中心、大愛臺、社區大學……素食教學的邀約不斷。

有人告訴我，至今他都還難忘在寒冷的冬夜開會時，會後那碗熱騰騰的素羹麵呢！更高興的是，還有人將這些麵食，遠渡重洋到菲律賓參與義賣。

煮飯時間，我也常常接到詢問的電話——「雪花糕怎麼做？」「香菇怎麼炒才會香？」

古早人說：「一間厝最重要的是要有灰分（炊煙）」，那代表這家人很幸福。家人的健康，建立在掌廚的雙手上，因為它主宰了家人的飲食習慣；我想：歡喜做、健康吃，為家人終生幸福與健康付出，肯定是值回票價的人生！

從懵懂到成熟——鄒志成

剛下過雨的孔廟天空，雲淡風輕，大成殿脊梁上的兩條飛龍，在青天白雲映襯下，栩栩如生。太太鈺晶獨自走入大成殿，雙手合十地在孔子牌位前，誠心祈求高普考順利過關。

我帶著兩歲半的兒子，抬腿跨過大成門門檻，來到廟旁蒼鬱的老樹下。微風習習吹來，吹走了六月豔陽的燠熱，往事一一在腦海浮現。

剛升上國三那年的十一月，父親、母親、表姊夫婦四人共乘一部車，由臺北出發，準備南下參加嘉義親戚的婚禮。清晨四點多出門，不料六點多大哥卻接到電話：「你爸爸在頭份一家醫院！」

母親出發前為我們備好還溫熱的早餐，我已無法嚥下。過了好一會兒，才得知母親消息，確定他們發生了嚴重車禍，在高速公路上，被對向載滿鋼筋鐵柱的大卡車失速衝撞。

一行人，除了父親受傷，其餘全都走了，包括我最摯愛的母親。當時我們兄弟姊妹四人，大哥剛上臺大電機研究所，大姊就讀師大，二姊讀私立延平高中，而我是正準備高中聯考的國三學生，心裏好慌……

看著大人們一邊忙著辦母親喪事，舅舅協助跑法院、親友輪流守靈、母親好友來協助打理三餐，父親則還躺在加護病房……我不禁想問老天爺：為何這樣不公平，就這樣帶走我的母親？

腦海裏浮現的盡是孩提時跟在母親身邊打轉、看著她忙進忙出張羅家人晚餐的情景……這樣的日子，如夢般消失了！

母親出殯那一天，是真正的離別。當天「正沖煞到我」，大哥在我身上戴了許多符咒，說：「走！送母親最後一程，才不會後悔！」

大哥從小到大與第一名特別有緣，這麼會讀書的大哥，母親對他的期望自然很深，希望他能讀醫學系。但大哥偏偏對當醫師沒興趣，母親也不敢勉強。當時，我應允母親：「我會努力讀書，拚上醫學系。哥哥沒有興趣，我來達成您的願望！」

因大哥功課特別好，母親認為弟妹們的成績必然要好。她常暗自設定目標，例如大姊考上北一女，要辦桌請巷內的鄰居。不知當年母親對於我，是否給了別人什麼承諾？

母親離世，家中少了可以鞭策我的人，身心、課業都受影響，高中聯考與目標建中無緣，只上了省立板中。

高中三年，繁亂鬱悶的心仍無法平息……大學考上私立大學化學系，離當年對母親的承諾，是那麼遙遠；為了達到對母親的承諾，我毅然決定重考。

重考那年，我抱定考上臺大醫學系的決心，每天與書本為伍。但無法自主的心，很煩亂、難專注，成績依然進步不多。最後，選讀了與人體生命有關的生命科學系，成了慈濟大學生命科學系第一屆學生。

雖然離承諾還有一段距離，但總算和醫學沾上了邊，我在心中告訴母親：「我已經盡力了！」

慈濟大學非常重視人文教育，不僅培養學生知識上的認知，更著重品德發展，啟發學生「尊重生命」、「眾生皆平等」的觀念。

慈大學生、教職員工及老師都穿制服，不會有人因家庭富裕就穿得華麗，有人因家裏貧窮就穿得簡陋。看不到「華麗與簡陋」，就看不到「富裕與貧窮」，也就不會有比較心，我覺得慈大是屬於幸福指數很高的學校。

在這樣幸福學校裏，很多課程令我期待，例如要通過十公里路跑及游泳檢定才能畢業；通識課程如茶道、花道，在古色古香的教室中進行；人文關懷課程，如協助獨居老人或行動不便者清理家園。

剛成為新鮮人的我，對這一切是多麼憧憬！也才發現原來我是如此幸福，雖然母親早逝，但還有許多關心我的人，讓我可以勇敢面對未來挑戰！

升大二那年暑假，臺灣發生了九二一大地震，震垮許多學校、死亡兩千多人、許多人面對生離死別、頓失依靠……這時，我想起了精舍德暘師父平日的諄諄教誨：「有能力幫助他人時要即時給予，有力氣協助他人時要立即幫忙。」

曾遭失母之痛的我，更能體會失親之苦。參與慈濟快樂健康社期間，曾擔任九二一安心計畫總召集人，到災區輔導小朋友功課，扮演心理輔導小老師，協助有災後創傷症候群的孩子走出傷痛。

不意，小小的關懷及輔導，得到的回報竟是滿滿的愛，小朋友拉著我的手說東說西，開口閉口大哥哥，眼中透出閃閃光芒，讓我非常感動。

大三上學期，進入蔡佩珍老師實驗室做研究，對我來說是另一個領域的學習。我決定畢業後要繼續攻讀研究所，也因此更常往實驗室跑。從懵懂無知，到進入微生物領域獲得啟發，為使研究對疾病的預防有些許助益，我將主題鎖定在「A型鏈球菌引發細胞激素產生的訊息傳遞」，深入去了解A群鏈球菌如何引發疾病、防治方法，以及如何使人類免於危害？

蔡佩珍老師是第一位引領我走上學術領域殿堂的老師。當年，她帶著我們一起討論、一起研究，也常一起吃飯、一起出遊，宛如大姊姊般照顧我們這幾個小毛頭。在實驗室裏面對一次又一次失敗、等待實驗成功的枯燥無味時刻，她都陪我們共同度過。

後來，順利推甄上成大微生物及免疫研究所，指導教授是蔡佩珍老師的老師吳俊忠教授，亦是對我照顧有加。在他的指導下，碩士班到博士班階段，我繼續針對A群鏈球菌於氧化壓力的存活及基因調控進行研究探討。

接著，又利用博士後研究機會，積極於王淑鶯老師實驗室學習蛋白質結構相關知識，並將博士論文合作的研究進行發表。

投入生命科學這些年，我體會到生命的脆弱、人的微小，對事物的看法也漸漸變得淡然。

父親因車禍造成小腦萎縮後遺症，在我上研究所時慢慢出現病兆，先是走路不由自主跌倒、說話不清楚，漸漸無法控制身體活動、必需臥床，甚至無法自主呼吸。

臥床六、七年，父親經常進出醫院，每月的醫療及看護費是一筆龐大數目。當時，兩位姊姊和我皆未婚，大哥和大嫂獨自扛下這筆支出，寶琴阿姨也參與照料，我們心疼在心裏，卻無能為力。

我在臺南除了埋頭做研究，放假時也盡量回家陪伴父親。博一時，大哥安下我的心說：「你專心好好讀書，快點完成學業，比較重要！」

父親倒下後，開始變得鬱鬱寡歡。偶爾，接到家人電話，我都非常緊張，怕父親就這樣離我遠去。一日，家人來電要我立刻趕回臺北，原以為是父親病情又惡化，原來是他想親眼看到我成家立業，擔心無法活到出席我的婚禮。

於是，我在博二時與女友結婚了。女友是我的大學、研究所同學，相識已多年，幫我求婚的是父親。婚禮簡單隆重，父親坐著輪椅，師長、好友、慈濟的慈誠懿德爸媽，以及父母的親友，齊聚一堂，為我帶來滿滿祝福。

有了家，是責任承擔的開始，我卻只能靠研究費自給自足，並仰賴剛出社會的太太的微薄收入，撐起這個家。為了節省開銷，我們擠在我的原租處──只容下一張床的小套房，電鍋是唯一的萬能鍋具。直到生了孩子，才租下兩房一廳有點像樣的家。

大哥、大嫂一直很體諒我們，並安慰說：「你們的薪水少，不要擔心那麼多，你趕快念畢業就好！」

整整五年博士班生涯終於結束，回家的心情卻一次比一次沈重，父親整日昏沈似睡、進出加護病房的次數逐漸增加，遠在南部的我更能理解大哥和大嫂所承受的壓力。

這時，太太傳出懷孕好消息，我開心要當爸爸了，也認為父親來得及看到孫子，無奈命運捉弄人，兒子出生前十天，父親便過世了。

畢業後，我於成大服務兩年，因緣際會進入與所學有關的產業工作，擔任產品經理，除了發揮所學，也可以接觸人群，雖然有時要東奔西跑，卻樂在其中。

由於自我要求高，相對遭受挫折也大，這時腦海裏就會浮現證嚴上人常說的「誠、正、信、實」，以誠待人、處處為他人著想……凡事皆能迎刃而解。

兩年前，買下人生第一間房子，有了自己的溫暖小窩，心中更有一股安定力量和希望。生活中最開心的是，假日在家裏做小點心，看著家人或朋友吃著我做的成品、嘴角上揚時，心裏就有說不出的開心。

想當年做羹湯給我們享用的母親，是否也是同樣的心情？雖然無法拿著親手做的蛋糕獻給母親，但夢裏已數回看到她品嘗後的開心表情。

一路走來，感恩師長及親友給予的支持與滿滿的愛，已身為人父的我，也要努力為社會及所愛的人打拚！

（林秀蘭、曾鈺晶採訪整理）

喜樂無畏的樂生阿嬤——陳衛

二〇〇一年末，午後的陽光，照在樂生院大同舍的長廊上，一位老阿嬤坐在廊簷下，映著天光，用一雙殘缺的「手」在編織毛衣。就如編織她一生坑坑洞洞、坎坎坷坷的歲月。

老阿嬤就是今年七十六歲、住在大同舍的陳衛。她在十六歲時因痲瘋病被送進樂生療養院，至今六十年。兩隻大拇指變形彎曲，和掌心肉相連在一起，只見微小指甲，食指剩下約一公分長，中指不及一公分，已失去無名指和小指。這樣一雙嚴重傷殘的手，會編織毛衣，為著勤儉持家，為著行善布施，而做了許多常人做不到的感人事。

陳衛的故鄉在澎湖縣七美鄉，「來這麼多年了，再也沒有回過故鄉。」她輕嘆道。

她回憶六十年前故鄉的景物：「我的家鄉七美，長有七棵大樹，大樹旁有石塊圍著。小時候常聽大人說，七棵大樹是因為七美人投井自殺後才長出來的，也看過有人拿東西去拜這七棵樹。」

七美人塚是觀光客的第一個景點。根據文獻記載：明初倭寇作亂於海上，有一天入侵七美、殺人劫財無所不為，時有七位女子正在附近井邊洗衣，因不甘受辱相攜投井自盡。後來鄉人把井填實充當墳墓，不久之後，荒塚上竟長出七棵大樹。

這七棵大樹是楸樹，又稱「香花樹」。它是七美人精神的象徵，終年堅拔常綠，不畏海氣寒風侵襲，不為外力所屈。數百年來，島上風貌因人為因素多有改變，但香花樹在每個開花季節，依然靜靜散放著淡淡芳香。

陳衛幼年家境貧苦，七歲喪父。在家排行老二，上有大哥，下有一個年歲相近的小妹。

她回憶甜蜜的童年說：「小時候，母親用雙手當成我和妹妹的小枕頭。」後來母親再婚，又生下三個弟弟和一個妹妹。

「這麼貧瘠的土地，島上居民要以務農維生實在不容易。」陳衛說：「當年我家種的農作物是甘薯、玉米和高粱。甘薯絲晒乾後的『甘薯簽』是我們小時候常吃的食物。」

陳衛母親再婚後帶著七個孩子，一家九口睡在通鋪，房子不到十坪大，是以石塊砌成的屋子。」

身材高挑的陳衛，自然捲的頭髮，經常梳得滑亮。樂生院友林葉和金義楨都說，「陳衛就是這麼愛整潔。」當年貌美如花的少女，竟在十四歲時得了痲瘋病。

「那年臉上突然出現紅斑點。母親問我，是不是被蚊子叮了？」事隔不久，陳衛臉上的斑點慢慢有痛的感覺，母親帶著她到處求神問卜，病情還是日漸惡化。當時的七美沒有大醫院，陳衛的母親只好從澎湖帶著她到高雄就醫，但病況仍不見好轉。

求診無門、心急如焚的母親，看著女兒病情未減輕，也不知何去何從，只好又帶著陳衛回老家。回家後，她開始過著躲躲藏藏的日子。十五歲那年，陳衛的母親帶她到七美區公所檢查，回家時發現母親雙眼含淚，她感覺事情不妙，也不敢再問母親。

那年夏天正好是閏月，陳衛記憶深刻：「我體內的火氣很大，一聞到『甘薯簽』的味道就吃不下飯！」

生病後的陳衛，害怕被警察抓走。她敘述當年躲警察的經過：「有一天我走在馬路上，突然來了幾位警察，就怕得躲起來，直到警察走了，含著淚珠的母親才帶著我回家。」

「十六歲那年天天都很難過，既怕別人知道，也怕傳染給別人。」

終於，她還是被發現了。身上穿著一套衣服，帶點盤纏，手上提著另一套衣服，陳衛就這樣無情地被迫離開母親和故鄉，來到樂生院。

「當年我從故鄉七美島被送到高雄，轉乘火車到桃園，再被送上大卡車。車子沿路接痲瘋病人，有的手潰爛，有的臉部潰瘍，一個比一個還嚴重。我的心很慌亂，不知道要被送到什麼地方？」

傷心難過的陳衛坐在車上，將提在手上的那套衣服墊著當坐墊。「沒想到大卡車的油翻倒了。坐墊上的衣服沾著溼溼的油，沒有錢買肥皂，來到樂生向人要了一小塊肥皂，卻無法洗淨沾滿油汙的衣服。」那些油漬就像痲瘋病烙印在她身上的痕跡。而兩套輪流替換的衣服，陪著陳衛認命地在樂生走過漫漫寒森歲月。

剛到樂生療養院的陳衛，四肢仍健全，可以手拿剪刀裁製衣服，也會一針一線地縫製。雖然臉部有輕微損傷，但是痲瘋病並沒有影響她的生活起居。

痲瘋病，是由痲瘋分枝桿菌所引起的慢性傳染病。當痲瘋桿菌侵入臉部組織後，會引起眉毛脫落；一旦波及軟骨，則造成患者鼻梁塌陷；若感覺神經被破壞，神經所管的部分即失去知覺。手腳失去了知覺和痛覺，不經意中容易受傷，細菌進入傷口，引發感染。長期損傷累積的結果，造成手足逐漸潰爛、銷蝕。

陳衛也是如此，手腳失去了知覺，造成逐漸潰爛和銷蝕，最後手指逐年被截。

「我剛到樂生時病情並不嚴重，四肢很正常，病情也被控制。二十多歲時大哥結婚了，心想：家裏多個嫂子，如果我病好了，回家要住哪裏？而且聽說治療好的痲瘋病人，一定要強迫離開樂生。我怕病好被遣送回七美，就把醫師送來的藥偷偷藏起來。停止吃藥以後，病情就愈來愈嚴重。」

陳衛很傷感地翹起剩不到一公分的食指說：「當年，先是食指開始不聽使喚而遭切除，接著又切斷另一手的食指。幾年後，輪到中指潰爛切除。就這樣，幾年潰爛一指，直到五十多歲時，十隻手指已全被切除了。」

問及當年為了家人的「無知貼心」，後不後悔？「說什麼都已經太慢了！」雖然為家人設想是自己心甘情願，然而當年無知造成的後果，也只能徒呼奈何！

在小山坡上的樂生療養院，有一棟棟的房舍，住著許多人，儼然像個小村落。還是日人統治臺灣時，陳衛就來到了樂生，她說：「這些三合院房子都是日本人建的。我剛到樂生就住在高雄舍，一住三十幾年。後來搬入三合院式的大同舍，在這兒也住二十幾年了！」

「日治時代生活很苦。來樂生有飯吃，看病又不用錢，但是沒有任何補助。吃不飽時，身上也沒錢可買些米來煮，只好將送來的飯煮成稀飯，才夠填飽肚子。在很無奈的情況下，偶爾會請母親從澎湖寄錢來，用以買米。」陳衛說。

棲蓮精舍的金義楨會長說：「這一住下來就是五十多年，能夠活下去的理由是院友彼此之間的互助。早期痲瘋病人沒有結婚的權利；有伴侶關係時，就必須做結紮手術。後來確定痲瘋病沒有遺傳性才開放婚姻，開放的理由也是基於可以相互關懷、幫助。」

病後變成重傷殘的陳衛很羞澀地說：「由於彼此同病相憐，也為了生活上能夠相互照顧，二十多歲時我和院友結了婚。」

陳衛婚後生下一男一女，她很無奈地說：「這裏的環境不適合孩子成長，我們也沒有能力養他們。後來基督教的牧師娘就把兩個孩子帶到山下養育，養到九歲，才送回澎湖大哥家寄養。」

金義楨說：「牧師娘真的很偉大，五十年前每個家庭都很困苦，有誰願意收養樂生院友的孩子？而牧師娘那兒，共收容了一百多個來自各地的小孩。由於人手不足，較大的孩子喝牛奶時沒有奶瓶，而是在長長的槽中用吸管吸食。陳衛的兩個孩子，就在這樣的環境中過了九年。」

陳衛的兒子長大當船員，十九歲那年不幸被船上的輪機軸壓死。女兒嫁給年歲相差很多的老兵，婚後生下四個小孩。女婿往生後，女兒也在三十二歲那年，因罹患乳癌而過世。留下四個外孫由住在高雄的姪女協助撫養。現在四個外孫都已經上大學。陳衛說：「偶爾他們也會上山來看看我。」

金義楨把陳衛的四個外孫視如己孫，很滿意地說：「四個孫子都很優秀！」

林葉也說：「陳衛平日省吃儉用，總會寄錢回去撫養她的四個外孫。」陳衛人在樂生，用祖母兼父母的愛，心繫在高雄外孫身上。

陳衛住處入門牆上，掛著先生的遺像，遺像旁有一張小男孩拿著吉他的生活照，那是陳衛的兒子。兩張照片一大一小並列在一起；遺像右邊較高處，供奉著阿彌陀佛西方三聖像，下方放置著一尊觀世音菩薩。

金義楨說：「陳衛如果在佛前上一炷香，一定也在先生的遺像前上一炷香；佛前拜水果，先生像前也拜水果。她是一個很有家庭觀念和責任感的人。」

棲蓮精舍是樂生療養院內，由痲瘋病患自力建成的佛道教場。當年因為經費有限，建佛堂時只聘請一位師傅做技術指導，並購買必要的建材，其他建築工事全由院友們自己動手。當年才三十多歲的陳衛，也在此一行列。

「建佛堂時，我跟著大家一起從山下挑著磚塊到山上，最多一次可以挑八塊，搬得手都破皮流血了，不過，還是愈挑愈多，愈挑愈歡喜！」

棲蓮精舍的蓮友，在寒森歲月裏相互扶持，建佛堂的這段時間，更教眾人不分彼此，毫無嫌隙地付出，大家做得心甘情願、無怨無尤。

金義楨說：「當時樂生的補助款，每日菜金僅有六毛五。陳衛為著棲蓮精舍的佛堂，除了做工挑磚塊，也傾囊捐輸護持。」

陳衛不只營建棲蓮精舍時傾囊護持，慈濟醫院籌建時，也捐了四萬元，買了四朵「心蓮」。

「買心蓮」的故事，因緣在一九八六年，樂生院蓮友宋金緣發起籌募慈濟建院基金，鼓勵大家買心蓮、建醫院。棲蓮院友們共襄盛舉，響應買心蓮、賣心蓮活動。

「一朵心蓮一萬元，半朵心蓮五千元！」宋金緣向蓮友陳衛勸募：「陳衛，你買半朵心蓮好嗎？」

「要買就買一朵，哪有半朵的！」陳衛慎重地說。

陳衛五十四歲時先生往生，留下兩萬五千元給陳衛。「這兩萬五千元，本來想留做棺材本。那時候身體還算不錯，可能暫時還用不到，所以就想：不如捐出來建醫院救人。反正有了健康身體，棺材本還可以慢慢再存啊！」於是陳衛用這筆款項加上自己多年省吃儉用存下的錢，共買下四朵心蓮，第一朵為自己，第二朵為父母，第三朵為先生和兒子，第四朵為女兒。

棲蓮精舍的佛堂大殿前，盛開著串串橙色的花朵。佛堂兩側的山茶花、海棠、木蓮、日日春相互爭豔，玉蘭花、桂花、含笑花，也競相吐露芬芳。

佛堂內供奉西方三聖，像高六臺尺，法像莊嚴，兩旁對聯寫著「身是阿羅漢，心是須菩提」。四十多年來，佛堂早晚課誦不輟，陳衛也從來沒有缺席過。上早晚課前，她總會先梳理整裝，再走到佛堂，用失去十指的雙手，虔誠合掌跟著誦念佛經。在佛法的薰習下，陳衛滿懷著慈悲，找到了心靈皈依處。

印順導師在樂生院中曾經為院友們開示：「了解佛法，依佛法而行的智者，身苦不會引起心苦，小苦不會引起大苦，反而大苦化小苦，小苦成無苦。」

已經「大苦化小苦，小苦成無苦」，學佛四十多年也了解佛法的陳衛，滿臉通紅帶著微喘病痛的身子，灑脫地說：「小時候想吃東西沒得吃；現在有東西可吃，但是肚子脹得吃不下；用剩的，夠吃到人生『百年老』就好了！」

陳衛省吃儉用，別人過時的衣服撿回家，經過那雙失去十指的萬能巧手，重新裁製過，又是一件合身的衣服；別人不要的毛線衣，用那萬能手重新拆線編織過，又是一件流行款式的毛衣。

她用兩指間夾縫的肉，夾住小鑽子的中段，彎曲的拇指夾住握把，然後用小鑽子當成手指壓著布，讓布塊順著針線縫製過去。一件件重製的新衣服合身地穿在陳衛身上。

有人指著她身上穿的長褲和衣服問道：「這些都是您自己做的嗎？」陳衛只用手摀著嘴，笑而不答。

「在故鄉，不但會用針線縫製衣服，還會自己剪裁呢！後來手指被截斷後，才學會裁縫車，沒有了手指，『鑽子』就成了我的手指。」陳衛說：「我身上穿的這一件衣服，也是從舊衣服拆下來重新縫製成的，已經穿很久了！」

沿著蜿蜒的小徑穿過一層層階梯，往樂生山上走去，坐落在路旁的三合院即是大同舍。遠眺，可看到青翠的山；前院有棵大榕樹，還有石桌石椅。在這清幽的環境中住著八戶人家，他們彼此之間相互照應，宛若一個大家庭。

「二十年前的大同舍，沒有公用廚房，每到煮三餐的時間，家家會在門前庭院起爐灶。那時候用的柴火是從山上砍下來的乾樹枝。煮好飯後，就將爐火收到房間裏。煮下一餐時，大家再拿出來。」幾年後，政府撥下經費闢出公用廚房，從此就不怕刮風下雨生不起火、煮不成飯。

大同舍，常常會招來許多客人，因為住有守戒嚴謹的林葉，也有位常客金義楨，他常拄著枴杖來到大同舍。金義楨腋下的那支枴杖，有如大鵬鳥的翅膀，護衛著樂生院的每位院友，在樂生他如大長者般地受人敬重。

陳衛說：「金阿伯現在走路比較不方便了，我們捨不得讓他爬坡上來大同舍。天氣冷，煮好的飯怕涼了，就用保溫盒拿到他的住處去。」

在大同舍院子裏駐足，可以聽聞大同舍院友們彼此關懷的招呼聲，也可以隨時看到大同舍院友的臉上綻放著春天。

陳衛，就是那春天裏，最教人溫暖的阿嬤。

【附記】

初相見

樂生，是痲瘋病患聚居所在。

樂生療養院裏，有座三合院式的大同舍。大同舍內住著幾位老菩薩，有金義楨阿伯、林葉師姊……也住著一位在這兒度過六十年的陳衛老菩薩。

初訪大同舍，穿著母親留給我，已經六十五年還是一樣溫暖的毛衣，來到陳老菩薩居所，目光與老菩薩接觸當下，有股熟識的感覺；摸著老菩薩的手，沒想到老菩薩立即縮回去；猛然回索，陳老菩薩只認得穿著「藍天白雲」的慈濟人，並不認識我。還好美羿師姊過來，「她叫秀蘭，以後會常常來看您！」這才解了圍。

陳老菩薩住房門口，掛著一條薄得透光的毛巾。我好奇地盯著看，毛巾兩頭各縫著用以吊掛的細帶，毛巾中間還貼補兩小塊花布。陳老菩薩了解我的疑惑，露出不好意思的微笑對我說，「那是我洗澡用的毛巾，用很久了，還可以用呀！」

美羿師姊指著毛巾的補綴和房間內的老舊裁縫車說，「陳老菩薩還會用裁縫車自己縫製衣服呢！」陳老菩薩摸著身上的長褲得意地說：「這是我自己做的！毛巾上的花布也是用裁縫車縫的。」

看著屋內老舊的裁縫車，和老菩薩身上潔淨的長褲，不由自主將目光移向陳老菩薩失去五指的雙手。

想到自己雙手完好，恭敬佩服之心油然而生。一分恭敬心，拉近了我和陳老菩薩之間的距離。「我叫秀蘭，老菩薩，您今年幾歲？」

「七十六歲了。你『人美，名也美』。」老菩薩口說好話。

「那要感謝我的父母，我的『阿母』今年八十四歲了，您比我的媽媽小，以後稱呼您媽媽就好了，不必叫『阿嬤』叫得那麼老！」

「你母親比較有福氣，有這樣的好女兒。」

「您來這兒多久了？」我鼓起勇氣問起陳老菩薩。

「我十四歲就得到痲瘋病，十六歲被送到這兒來，已經整整六十年了。」一句問話，勾起了陳老菩薩的往事。

「穿著『藍天白雲』的慈濟人常常來探望我們，現在，我才敢出來看你們。」從陳老菩薩的眼神中，隱約看得出她走過幾十年來的畏縮和恐懼。

當天一早，王伯欽老師驅車載著王夫人、旭淵、素蓮師姊和我，一行五人來到樂生療養院的棲蓮精舍，美羿師姊和慈濟筆耕隊員早已在棲蓮精舍大殿內。我們向佛菩薩問訊後，即聆聽樂生蓮友以及金義楨老菩薩的開示。

大家暱稱「金阿伯」的金老菩薩，取《維摩詰經》經文一小段為我們開示。從直心、發行、深心、調伏、說行、回向、方便、成就眾生、佛土淨、說法淨、智慧淨、心淨、功德淨，總結「若菩薩欲得淨土，當淨其心，隨其心淨，則佛土淨。」

聆聽金老菩薩的開示，自己感恩也慚愧得落淚。金老菩薩說，「主見是自我存在，放棄自己的成見、遭遇，誰是誰非，放棄非。我是他非，包容他的非。包容和感恩都需要有調伏的功夫。」又說，「學佛的人沒有看不慣他人的權利。」聽聞至此，心中豁然開朗。

自己平時為著芝麻綠豆大的小事，也煩得打不開心結。想著陳老菩薩六十年的寒森歲月，走過無數煎熬，將有許多感人的故事讓我去取擷。於是，臨走前，我對著陳老菩薩說，下次我會穿著「藍天白雲」來看您！

青出於「籃」——歐國祥

走進中和一家招牌不明顯的咖啡館，牆上用紅、黃、白三色粉筆寫著各種咖啡品名，古色古香的麻布袋裝著咖啡豆、茶葉，角落坐著看書、談事的人……

忙進忙出的老闆娘，遞了一壺薄荷茶讓他送至客人面前。隨即接了一通電話，他揹起黑色專用背包，打了聲招呼，就騎著摩托車出門去了。老闆娘微笑說：「他永遠是這麼忙碌！」

他，五十五歲的歐國祥，原在德商工作，為了孩子不想被外派大陸，於是提早退休開起了咖啡館。兩個兒子目前都是博士班學生，他說：「兒子在國中時，成績也曾是『離離落落』，但我不放棄他們，對孩子永遠是加油打氣！」

二〇一三年初夏的一個週二下午，我們三個退休老師徵求歐國祥的同意，來到中和國中了解他如何帶領八個國中生做披薩。

「你切番茄！」「你加乳酪絲！」「番茄怎麼切那麼大塊？」「麵包拿來，淋上醬汁！」「送入烤箱！」「你算時間！」「好了！」「不要燙到手喔！」歐國祥說話簡潔有力，孩子們按口令操作。

「先請客人嘗嘗你們的手藝！」穿著大圍裙的歐國祥滿身是汗，卻不忘乘機教導孩子待客禮儀。

吃完披薩，五個身材瘦高的男生陸續溜出門外。我正想開口詢問，歐國祥用眼神示意，不一會兒，男同學一個個進來了。課後，歐國祥說：「知道就好，不要戳破它。」或許，這也是為什麼歐國祥的課，孩子們全都到齊的原因之一吧！

中和國中的高關懷班，一班不超過十人。輔導室主任余鬱芬打開電腦，指著一張張相片說，「這一個個中輟生，歐師兄幾乎都陪同老師去家訪過，也不斷追訪和陪伴，孩子才能一個個回歸班級，順利畢業。」

丁澤民校長分析，「社會快速變遷對家庭衝擊巨大，家庭的教養功能一旦失去，問題接踵浮現。」他心疼孩子，因家庭結構不穩定而影響學習，「怎樣幫助家庭，或許比幫助孩子更重要！」

當歐國祥為了「慈濟青少年籃球家族聯誼會（簡稱慈籃）」，向中和國中租用室內籃球架時，丁校長因認同慈濟人陪伴青少年的那分用心，不僅以便宜的租金出借，更請求慈濟人協助校方找回中輟生。

「現今社會，彼此的信任度低，要老師介入家庭提供協助很不容易，歐師兄以第三者角色介入親師之間，對學校、社會幫助很大。」丁校長表示，現在社會穩定，是因為三十年前家庭結構穩定；現在家庭結構若不穩定，會是三十年後社會的隱憂。

「救回一個孩子，就是挽回一個家！」對於校方的託付，歐國祥一則為了感恩丁校長對慈籃的支持，一則認為這是慈濟人的本分事，自然義不容辭。他將慈濟的訪視經驗，用在高關懷班級經營。

「我之所以能被信任，是因為證嚴上人和慈濟人被社會信任。」歐國祥說，「陪伴老師家訪、陪伴家庭成長、陪伴孩子找到人生方向，是一段很艱辛的歷程，對我而言更是一大考驗，但能有機會拉孩子一把，也等於為社會除去一顆未爆彈。」

每星期兩個小時的課程中，歐國祥透過咖啡、茶藝、做披薩、奶茶，在「吃喝玩樂」中，引導孩子正確人生價值觀。「我沒有特定教材，孩子要求吃什麼、玩什麼、學什麼，我就教什麼！即使不會，我也要學到會，是孩子把我的無能訓練成萬能！」

年輕時，歐國祥愛好登山，和山友黎逢時經常相約爬七星山和烘爐地，也曾同爬過幾座高山。

一天，習慣講閩南語的黎逢時，突然以臺灣國語問歐國祥：「要不要一起去朝山？」

「去桃山好啊！」武陵四秀之一的桃山，歐國祥早就慕名嚮往。兩人一唱一答，各說各話，十分開心。

那天，歐國祥一如往昔穿著登山衣褲，隨著眾人搭乘深夜十一點多的火車，一心期盼登上桃山。一路上眾人漸漸入眠，唯他獨醒，「宜蘭！宜蘭站到了！怎麼還不下車？」

得知是要到花蓮慈濟的靜思精舍朝山，歐國祥雖然有些錯愕，卻也抱持著「既來之則安之」的心情。清晨三點多，隨眾下火車後搭遊覽車往靜思精舍，車子停在入精舍前的蘇花公路旁，從大馬路口三步一拜朝往大殿。

「喀——」的一聲，膝蓋重重碰觸地面，當年才二十八歲的歐國祥，心裏痛得「哎呀——」叫，卻不敢出聲。

通往精舍的小徑有許多碎石子，歐國祥拜得滿身是汗，血水和著細沙沾黏在膝蓋傷口上，他忍著疼痛不放棄地緊跟著隊伍前行到達精舍，「猛然抬頭，上人瘦弱身影恰在我眼前……」

「眾生無邊誓願度，煩惱無盡誓願斷，法門無量誓願學，佛道無上誓願成。」向朝山會眾開示後，上人一句句引領大眾發願，歐國祥也跟著至誠唱念，心中默許要緊跟著眾人行菩薩道。

不久，歐國祥結婚生子。購買新居時，他特地請人書寫「四弘誓願」裱褙起來，日日禮拜。「大多數人拜的是西方三聖或觀世音菩薩，而我拜的是『四弘誓願』，因每一拜都會想起上人的心，也提醒自己不忘初發心。」

二〇〇七年，歐國祥夫婦受邀擔任中和慈籃隊負責人。以「籃球門外漢」自居的歐國祥雖然沒有心理準備，仍當成使命去承擔。

萬事起頭難，慈籃從無到有，規畫人文課程、招募學員、鼓勵家長參與，歐國祥有他獨特用心和想法。「初時，曾經家長到、孩子到，教練卻請假，我又不會帶打球，怎麼辦？於是，想到要為球隊『營造一個家』。」

既然是一個家，家務事理當由慈籃孩子的爸、媽共同承擔。從此，這群爸爸就開始邊看錄影帶，邊自我訓練球技，當起孩子一對一的教練；媽媽們則負責學務、生活，處理報到、點心等雜項事務，這個籃球家族才總算穩定下來。

週六下午是練球時間，教練爸爸、隊輔媽媽各就各位，孩子們一個個進來。「水杯帶了沒？」「有！」媽媽從最細微處「水」開始教育，接著一個個檢查攜帶物品，要過關後才能進人文課教室，上過人文課才能上場打籃球。

「少部分孩子是被家長逼來的，自然不情願上人文課，剛開始也不肯下球場。」歐國祥會安慰家長：「來了就好，孩子慢慢就會喜歡上課、打球。」

「對待這群孩子，方法無他——愛心存款要夠。」和孩子建立好關係後，歐國祥也會施以軟壓力，對他們說：「要打球就要從頭打到尾，不要坐著看，全部都要下去打球！」通常孩子們都會配合，乖乖聽話下球場。

遇有特殊情況的孩子，歐國祥會與家長深談親子溝通，私下教孩子懂得行善和行孝。長時間相處後，家長們彼此相約於每月第四週輪流辦家庭聚會，分享彼此的「教子經驗」，從中獲得成長。

「把別人的孩子帶好了，就沒有影響自己孩子的惡環境，自己的孩子也就沒學壞的機會了。」家長吳俊雄肯定說：「孩子加入慈籃後，的確受到好的薰陶。」

每年九月慈籃始業式，歐國祥會將撲滿交給每個孩子，並指導他們如何「集善念、成習慣」的方法。「每天出門前雙手合十誠心許願：祝福自己、家人、同學、普天下的人，然後，誠心投下幫助人的心（一元）！」

「每天用歡喜和祝福的心上學，在學校怎麼會沒人緣、不專心上課？」歐國祥說：「慈濟『竹筒歲月』精神用心實踐，必能體會出『簡單道理』，生活中處處是法。」

「社區歲末祝福，我們也安排孩子獻愛心撲滿和給予表演機會。記得第一次表演的節目是〈小樹〉，把孩子喻作一棵小樹，成長過程中父母所澆灌的水分、營養，點點滴滴都是『心和血』，真是無法斗量。孩子們從表演中，也體會了『孝』的道理。」

中和慈籃隊由最初三十多位孩子，逐年增加到一百多人，華夏技術學院的籃球架不敷使用，於二〇一〇年轉至中和國中租用球場。

許多人因慈籃而認識慈濟，因慈濟而改善夫妻、親子關係。歐國祥說：「有一對面臨離婚的夫妻，在每月慈籃家長聚會中，各自說出心中話，經由慈濟人的開導及愛的薰習，學習轉念，彼此找到對方優點，而放棄了離婚協議。」

「另一對夫妻都是高學歷，擁有相當社經地位。就讀國二的兒子有點叛逆，經常缺課，於是父母半哄半騙地為他報名慈籃。」孩子來了卻不理人，家長很擔憂，歐國祥告訴他們：「不要急著看到成果，要給孩子時間去改變。」

「不要用自己的角度來看待孩子，這樣反而會造成孩子的壓力。」歐國祥不失風趣卻語帶誠懇說：「像我這樣平庸的父母，對孩子要求不高，才讓孩子有超越我的空間！」

擔任慈濟大學慈誠爸爸的歐國祥，想藉慈大孩子為楷模，引導這個孩子向上、向善，於是徵求家長同意，將他帶去花蓮參加聚會。

「你們知道我最拿手的是什麼嗎？」「談戀愛！」歐國祥第一次與大一新生見面時，就讓他們瞪大了雙眼，接著他說：「但是要學會談戀愛，必須先學會接受失戀……」簡單一席話，給了大學生一個難忘又深刻的正向教育。

如今，這群慈大學生和歐國祥已有相當默契。當歐國祥肯定國二孩子喜歡打籃球，長大想當職業選手，「很好！有目標！」慈大生接著提醒：「會打球還要勤練球，練體力也要練耐力和毅力。」

「平均一天要練幾小時，你知道嗎？」孩子低頭不語，慈大生明白告訴他：「我覺得你練得還不夠勤，如要當職業選手，還要多多加油！」

歐國祥指著眼前這群大學生，告訴孩子：「這群哥哥、姊姊天天打籃球健身，但是他們也努力充實自己的各項能力，作為將來求職的準備。想一想社會上哪個工作不需要讀書來充實知識？不需要勤勞學習來得到專門技能呢？」

歐國祥想方設法引導孩子，如今這個孩子已順利完成國高中學業，目前就讀大學的他，是父母心中懂事的孩子。

「我一個人，力量薄弱，有活動時，找歐師兄就對了！」中和國中輔導室主任余鬱芬，請歐國祥協助安排高關懷班學生活動行程。

踩著七月豔陽，歐國祥陪著丁校長、余主任、兩位家長和三十四個孩子，騎單車同遊淡水八里左岸——讓孩子預設目標，挑戰自我，追求成就感。

每個行程的安排，歐國祥都希望能為這群需要關懷的孩子，找回自己和幸福。騎完單車，他們到創世基金會當志工，一位孩子事後表示，「幫植物人按摩時，一聞到味道就想吐，但還是繼續按摩……」

身高一百八的中輟生阿將，常與父親吵架而離家出走，和同學一起在外遊蕩，同學母親為了留住孩子，也收留他住在自己家裏。

陪同老師家訪時，歐國祥告訴阿將，逃學不是解決問題的好方法，如果對讀書真的沒興趣，學校有牽手計畫，每個星期可以選擇兩天去工作，只要他願意，可以協助他找工作。阿將想了想說：「那我去幫人洗碗好了！」

「好！沒問題，就這麼決定！」歐國祥幫他找到餐廳洗碗工作，但才做了兩天，阿將就做不下去了。歐國祥不放棄，又繼續協助他找到滿意工作，讓他利用下課時間，到一家餐廳端盤子。

「今年畢業的八個孩子，有六個繼續升學。孩子若不想升學，就鼓勵他們就業。」歐國祥對這群叛逆期的孩子，理出三個輔導重點：「永遠的關懷和陪伴；了解他們最愛的是什麼；了解他最怕的是什麼。」

「只陪伴和關懷，不插手，但聆聽，讓他知道你有多關心他。因為人與人相處久了會有感情，當他感受到你是真心關心他時，你不去找他，他反而會來找你。」歐國祥也陪伴家長付出愛與關懷給孩子。「要挽回孩子，其實不難，因為哪裏快樂，孩子就往哪裏去，家庭有了溫暖，孩子自然會回來。」

學做貴人父母——戚嘉麟

清晨六點，鬧鐘聲響起，劃破了清晨的靜寂。

《真心看世界》廣播節目播出時，是戚嘉麟忙碌一天的開始，他卻說：「我身忙、心不忙，因時時刻刻浸薰法益中。」

大馬路旁的公寓一樓，是戚嘉麟和太太謝麗莉開的服飾批發店。約莫三十多坪，一行行的擁擠擺置，卻也亂中有序；特別的是，到處都可以聽到證嚴上人的法音宣流。

「音從何來？」我問。謝麗莉指著近屋頂處的擴音器說：「這兒一臺、那兒也有……」數一數，屋內前、後、中有三部擴音器，電腦就藏在最後面的更衣間旁。

「我把所有大愛網路廣播節目下載存檔，整天播放。」戚嘉麟說。

三樓的家有電視、沒有第四臺，店家一樓也沒電視機，只有電腦和收音機；因此，對外資訊以收聽網路廣播為主。戚嘉麟說：「時時播放大愛網路電臺，需要考慮員工和孩子們的習慣，剛開始順著大家的意思准許轉臺；慢慢聽習慣後，要轉臺大家反而不習慣了。」

網路電臺真的很方便，可重聽，不斷聽。《靜思妙蓮華讀書會》是他最喜歡的節目，每天重複聽，每次體會都不一樣。

他邊滑手機邊說：「現在手機可連結，隨時隨地同步收聽無時差，下載存放隨身碟也方便。所有慈濟活動、志工早會、週六講座，透過慈韻師姊帶磁性的聲音傳遞，特別令人感動。」

「大愛廣播，它宛如心靈守衛員，在日日、時時薰陶中，可微觀到煩惱心起而伏之，也讓自心更沈定了。」戚嘉麟補充道。

小時候和父母親爭執，讓他留下了不好的記憶；但一路走來，自己

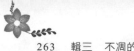

埋首讀書，也算無憂無慮。

直到一天，就讀師大附中，成績一向優秀的妹妹，因壓力過大，服藥過多，傷及腦部。戚嘉麟陪妹妹在補習班補習，遇到了慈濟教師聯誼會老師陳乃裕；陳乃裕在上課中穿插講述慈濟故事，他因此初識慈濟。一九九三年，戚嘉麟參加大學佛學社到花蓮參訪，但當年對慈濟印象仍不深刻。直到自己結婚生子後，孩子參加了慈濟親子班，才真正深入了解。

在孩子的老師郭秀琴鼓勵下，妻子謝麗莉先培訓志工，夫妻一起帶孩子上親子班；等妻子成為委員後，戚嘉麟也加入培訓，終於在二〇〇五年受證，兩人成了慈濟菩薩道侶。

戚嘉麟夫妻帶著兩個兒子參加親子成長班時，老師送給每位家長一本《慈濟月刊》，月刊前頁附有「慈濟廣播節目表」。回家後，他開始收聽「慈濟世界」節目。

萬萬沒想到，在人生低潮時，慈濟廣播接引他聽到一場心靈饗宴，成了轉變人生的一個善緣。

「妹妹當年的事並沒有讓我覺悟，我用自己的方式帶領孩子。同樣以獎金鼓勵成績，對小兒子有效，對國中正值叛逆期的大兒子來說，『比較』則讓他失去了自信。」

妻子謝麗莉說：「公公在教育界服務過，於是我們刻意把孩子安排在著名私立學校就讀；沒想到，大兒子在學校裏卻狀況連連。」

「老大國一功課好，國二開始叛逆，在學校和老師唱反調。當時我好像得恐慌症般，電話聲響就恐懼，深怕是老師來電說孩子的不是。耐心撐到國三，老師要家長帶孩子去看心理諮商師，諮商師確定問題不在兒子，建議讓孩子撐到畢業。因為孩子成績不理想，於是讓他讀高職。」

親子之戰歷經四、五年，直到二〇一三年八月兒子高二時，從大愛廣播中聽到慈韻主持的靜思書軒「心靈講座」，盧蘇偉分享自己成長之路〈看見我的天才〉，一切才改觀。

現場聽得入神、又下載重複聽的戚嘉麟說：「這場心靈講座深深影響我，下定決心要學做一個賞識孩子、祝福孩子的『貴人父母』。」

「我不是笨，我是聰明和人不一樣。」盧蘇偉用這句話驗證自己，並陪伴一群迷失的孩子看見自己的優點，找到人生的目標和理想。

「很多父母輸在『不知道』，不知道自己的孩子『會在哪裏』，很多孩子是輸在『永遠看到自己不會的地方』。」盧蘇偉很遺憾說：「若一直說『我不會、我不行、我做不到』，孩子永遠不知道自己內在裏有個巨人有很多能力，是自己可以、別人不可以的。」

盧蘇偉說：「孩子，是可以被祝福、可以被賞識的！」

盧蘇偉又說：「父母要當孩子生命中的貴人，最好的啦啦隊！不要幫孩子選志願，讓他自己選，他才會堅持，才會發光發熱！」

高中時沒放棄盧蘇偉的符教官曾這樣鼓勵他，這也是他對待每個孩子重複說的一句話：「老師第一眼看到你，就知道你是一個獨特的、有潛力的孩子，永遠不會放棄自己，永遠給自己一次機會，永遠為自己做最大努力。老師相信十年、二十年後，你絕對是這班最傑出、最優秀、最成功的一位學生。」

盧蘇偉一再叮嚀現場中的每位聽友：「天下只有兩種人不會放棄自己的孩子，那就是父母和老師。因此沒有被父母親放棄、沒有被老師放棄的小孩，永遠不會放棄自己。」

現場考生家長提問，盧蘇偉分享當年父母親給他的一句話：「父母不能為你做任何決定，只在你決定後，全力支持你！」

心靈講座句句扣人心，太太聽了很受用，她說：「當時，大兒子剛考上大學、要填科系，我們要他自己上網查詢並比較，查清楚確定是自己喜歡的科系才選它。」後面再加一句：「爸媽不能為你做任何決定，在你決定後，我們全力支持你！」

後來，孩子高高興興選了他想要的系所——崇右影藝科技大學影視傳播系。那時，戚嘉麟也學會了在孩子心情好時，適時對話：「不能小看電視上的三十秒鐘廣告喔！它是團隊合作而成，包括演員、導演、燈光、攝影、道具、化妝、剪輯、音效等，都需要學習。」

孩子升大二了，每天開開心心的；雖然從三重到基隆搭車上下學有一段距離，但他說不遠，更相信爸媽常常給他的祝福。

輯四

美與善之歌

呵，十二月淒涼的寒夜裏
一棵快樂的、快樂的樹，
你的枝柯從來不牽記
曾經有過的綠色幸福：
北方的雪雨呼嘯逞強，
絕不能把你的枝柯摧傷；
化雪的料峭也無法阻擋
春天在你的枝頭吐蕊。

呵，十二月淒涼的寒夜裏，
一條快活的、快活的溪澗，
你的水沫從來不牽記
太陽神阿波羅夏日的容顏；
只是帶著甜甜的忘卻，
讓細浪凝固成一片瑩潔……

濟慈．一八一八年

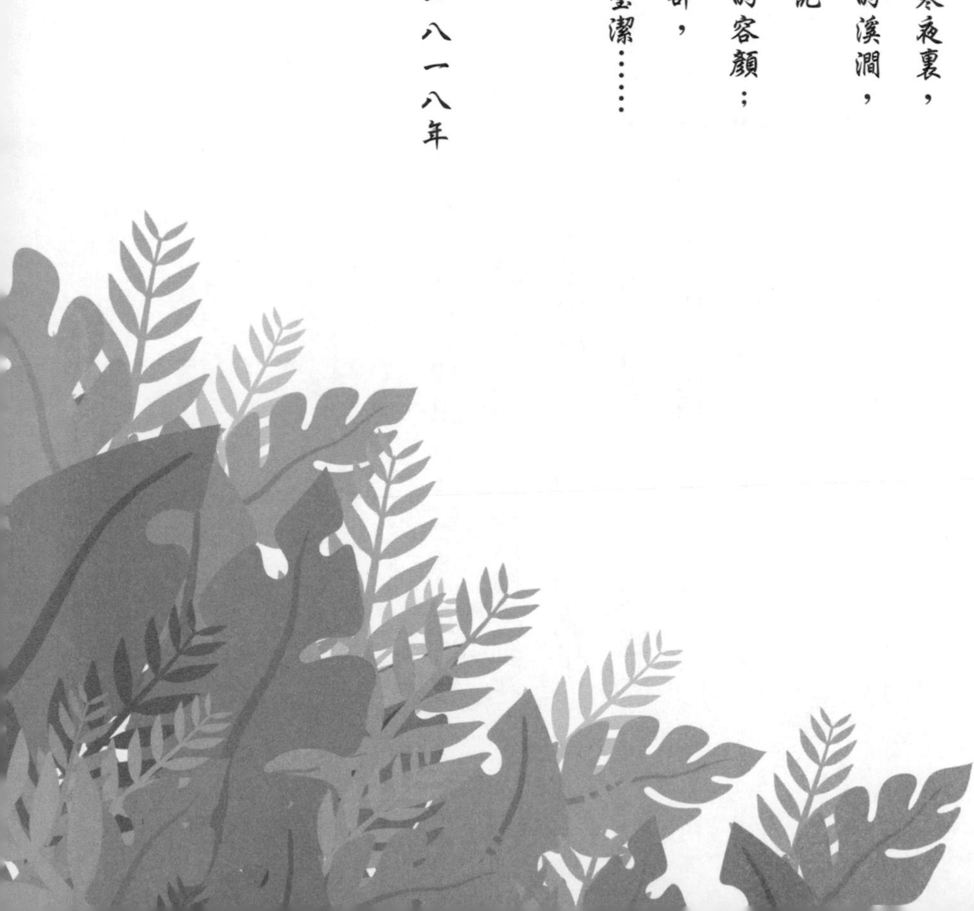

慈濟因緣路

一九八八年五月十五日下午一點多，公公騎機車載著婆婆，在返家途中出車禍，被送往慈濟醫院。外子與我聞訊立刻從臺北搭機趕到花蓮，只見婆婆躺在急診室裏，滿身是血。公公的外衣與雨衣也沾滿了血跡，當他看到期盼許久的親人時，竟放聲大哭，外子扶著公公回家休息。

過了一會兒，護理師把婆婆送往二樓的加護病房。平日心臟衰弱的我，站在加護病房外面，不禁嚇得直發抖，跪在門口哭著直念：「觀世音菩薩！一定要救救我婆婆！」

當時心想，幾個鐘頭前還活生生的人，現在怎麼會躺在醫院裏昏迷不醒呢？人生真是無常呀！

晚上七點多，家人有的搭車、有的坐飛機，連同花蓮的親朋好友，齊集在加護病房外守候。護理師很親切地告訴我們：「病人現況還好，你們留下家裏的電話，就可以回家休息，如果有緊急狀況，我們會立刻聯絡。」

半夜一點多接到院方電話，全家再奔赴醫院，那時婆婆瞳孔已放大，非常危險，被送往一樓的電腦斷層掃描室檢查。

外科蔡瑞章醫師向我們解說病況：「病人因左腦撞擊面積太大，又有血塊，必須馬上動手術，不開刀就會死亡，開刀只有兩成的希望。」

做了十幾年的花蓮媳婦，回花蓮的次數卻寥寥可數。因此對慈濟醫院的醫術不免存疑，外子三兄弟考慮要用專車將婆婆送往臺北長庚醫院。最後外子說：「送往臺北也無法保證挽回生命，不如在慈濟醫院開刀吧！」公公已是六神無主，只好由三兄弟和蔡醫師商量，決定開刀。

清晨四點多，婆婆被送入開刀房，三個多小時的艱苦無奈與緊張等待，終於在七點十五分，婆婆被推出開刀房送到加護病房。

醫師說：「手術一切順利，但因撞擊面積太大，只好把頭骨拿下一塊，植在她的肚皮下，以後再開刀放回去。但因病人心臟太弱，可能不太樂觀。」

外子一聽，直往醫院門口走，我也緊跟著，他竟在門口大哭了起來。那一刻他許了一個願：「如果媽媽能夠好起來，我願意皈依證嚴法師。」

看著外子的哭泣與婆婆面臨死亡的無奈，讓我憶起曾有人向女兒的奶爸收取功德費，可能就是這位師父要募款興建醫院吧！我因此也在醫院二樓的觀音菩薩像前發願：「如果婆婆好起來，我願意勸募五十位功德會會員。」

婆婆出事，住在臺北的子女南來北往，大家精疲力竭，不知如何是好。人在無助時，總想尋求解決之道。有一天下午四點多，在醫院門口的水池邊碰到幾位出家師父，我向師父們請教該為婆婆持誦哪一部經典？師父說：「誦〈普門品〉很好呀！也曾聽人說捐病床很好，可以每個月分期付款。」又很慈悲地問我：「你婆婆叫什麼名字，在幾號床？我每天持〈普門品〉再回向給她。」

向師父道謝後，就到社服室以婆婆的名義，每月一千五百元，分十次捐病床一張。

後來兩位小姑也發心每月合出五百元。不久，大伯從花蓮來電話：「媽媽已離開加護病房到普通病房了。」此時的婆婆還不太清醒，右手右腳尚無知覺，但已不需要特別護士照顧。

當時我的心情真的很感謝，感謝師父給我婆婆那分福緣。

婆婆已無大礙，在菩薩面前發願收五十位功德會員的事卻一直耿耿於懷，某日與同事葛老師談起，她馬上說：「要做就快呀！為何要等到你婆婆好了才做呢？」

第一位響應的是賴老師，她一下子就寫下家裏四個人的名字，捐出兩千八百元。以平常很少布施的我來說，要拿出兩千八百元真的不容易，將心比心，當時的我感動得幾乎流下淚來。

同事們為了圓滿我的願，兩個鐘頭內連同招募到的鄰居就圓滿五十位會員，善款共計三萬五千元。我那時老實得一位也不敢多收。

第二天早上，打電話給醫院社服室小姐，她很客氣地告訴我：「我請靜品師姊去收好了，她常常到醫院當義工，又距離你家較近。」我期盼她快來，深恐這麼多的功德款遺失。

期待了幾天，終於來了一通電話：「阿彌陀佛！你是林老師嗎？我是慈濟功德會委員靜品……」這是第一次在電話中聽到「阿彌陀佛」四個字。那天晚上，兩位師姊溫柔有禮地來到我家門口，雙手合掌向我和外子說：「阿彌陀佛！」那時我和外子不知如何回禮，只好用微笑來歡迎她們。

我拿出三萬五千元功德款與會員明細，交給靜品師姊點收，另一位委員高太太在旁邊等著。點收好之後，她們兩位又很有禮貌地合掌向我們說：「謝謝你！阿彌陀佛！」就回去了。

望著她們的背影，外子和我有許多感觸與疑惑，外子說：「慈濟委員的脾氣和修養這麼好，是先天的，還是後天修來的呢？」某次問過靜品師姊的女兒，她說：「我母親最近幾年常去功德會，大概和外面的人常接觸，開朗了許多，也改變了許多。」我把這答案告訴外子，並發心要好好向師姊學習。

以後，每個月同事們交給我善款，整理好後我就期盼外子載我去靜品師姊家。因為每次從靜品師姊家回來，我發現外子都特別歡喜，我也滿心歡喜，師姊家裏好像有無盡的寶藏可以挖掘。

慈濟醫院，每天早上都會播放佛號，非常安詳柔和。靜品師姊每次到花蓮也會去探望我婆婆；師父常常會到醫院探望病人；醫師、護理師與我們請的護佐也非常細心照顧；小姑更自願留職停薪照顧公公、婆婆。婆婆在這麼多人的關懷中，日有起色，一個半月就出院了。

醫師說：「病人雖出院了，但仍需要照顧，不要讓她跌倒了，定時到醫院來換藥，滿三個月後，再把肚皮下的頭骨放回去！」

公公聽到婆婆要出院非常高興，特地囑咐小姑想盡辦法，一定要把他包的一萬元紅包送給蔡醫師。

當我知道這件事時，小姑已經是第二次請醫師收下紅包。我向小姑說：「慈濟醫院的醫師不可能收紅包，我們心中存著感恩就好了。」要她轉告公公。

公公不相信天底下有不收紅包的醫師，更囑咐小姑一定要在暗處沒有人看到的地方交給他。

小姑千等萬等，好不容易在樓梯口單獨碰到蔡醫師，她很誠心地請他收下紅包。但蔡醫師非常誠懇地告訴她：「當醫師救人是我的職責，是我應盡的本分，我絕不能收下這些錢，你拿回去吧！」

外子和我聽了小姑的敘述非常讚佩，蔡醫師真是位良醫呀！婆婆住院，我多次來往醫院，但從未見過證嚴法師本人。只曾聽小叔提起：「師父人瘦瘦的，很有精神，行步如『風』。」

一九八八年十二月十二日中午在慈濟臺北分會，終於拜見了仰慕已久的師父。頂禮師父時，婆婆躺在慈院的情形，一幕幕出現在眼前。心想：「要不是這位師父偉大的智慧與慈悲興建醫院，現在的婆婆不知會如何……」感恩之心紛湧而至，淚水不聽使喚直流下來。

婆婆第二次開刀時，已經意識清醒，所以很緊張。

儘管所有子女都圍繞身旁安慰她、鼓勵她，婆婆依然非常緊張，我就對她說：「我生產時，您不是教我念阿彌陀佛嗎！現在我們一起念觀世音菩薩，祈求菩薩加持，您就不用擔心了！」她點點頭，就被送入了開刀房。

公公、婆婆兩人感情甚好，但遇到生死交關，儘管公公仍然愛她，卻也無法替她受苦；這使我體悟到修行的重要，如何用「信心」、「毅力」、「勇氣」來面對人生的生老病死，才是今後我該努力學習的方向。雖然這是一條艱辛的道路，但我應該大步地邁向前去。

逐漸復原後，婆婆每天早晨四點多就起床，獨自到公園運動，以前常鬧胃痛的現象也消失了。只是語言稍有障礙，但也能說簡單的字句，和人溝通並無困難，個性比以前還開朗快樂。

婆婆的這次意外，使我從向人介紹慈濟和收取善款，了解到師父所說的：「利人才能利己，多做才能多得」的意義，我真的很歡喜。

向人收善款，總會受到一些挫折。這時想讓自己放下得失心，就必須學會放寬心胸，容納不同習氣的人，更以平常心看待一切事物。

每個會員皆有優點，都是我的善知識，使我從中修正自己的行為，改正壞習氣，在佛法中這就叫做「修行」。師父說：「如何用圓融的方法，來處理人與事；使人事圓滿，才是學佛的真正目的。」我改變了自己，也使整個家庭的氣氛改變了。

有一天，學校的張老師對我說：「你先生真好，還特地來載你和孩子！」我很坦然向她說：「是呀！以前只會找他的缺點，覺得他不好；現在才發現真正有修養、放得下的是他，該學習的才是我呢！」

感謝婆婆讓我覺醒——父母、公婆的健康，才是我們為人子女、媳婦真正的福氣。

感謝靜品師姊全家——當我碰到逆境時，能夠不厭其煩地聽我訴說，鼓勵我。

感謝會員們——讓我圓滿心願，使我能及時搭上慈濟列車，走上慈濟之路。

感謝　師父——您是我人生道上的明燈，我要追隨您，共乘慈濟法船，在娑婆世間度眾生。

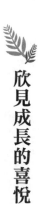

欣見成長的喜悅

我的先生是個標準的好父親，只要一離開家門，就會打電話告知行蹤，免得家人擔憂。但是這一次他真的放下萬緣，一去五天音訊全無。直到那天晚上，窗外傳來一陣叫聲：「辰！爸爸回來了！」

一進門，看他歡喜的樣子，就知道此行收穫一定不少。平日木訥的他，竟然滔滔不絕地說：「我和你分享，你幫我寫心得！」天哪！我也夠幸福了吧！

「到了北朝鮮，看到人人都穿著長袖的衣服，在陽光下工作。但是在陽光下，大家並不覺得熱呢！是因為有微風。這樣的氣候，真是非常奇特。一下了飛機，就看到北朝鮮人，大家列隊迎接我們；雖然隊伍整齊，但人人臉上的表情與慈濟人不一樣……」先生的觀察真夠細膩！

他接著說：「那邊的小孩子，很小就要下田工作，看了真不忍心；不過，那兒的環境打掃得很乾淨，因為共產制度下，工作是大家一起來做；雖然有很多的工作，但是很快就可以完成。」

「北朝鮮人吃得很不好，因為收成時間短，收成又不好，所以許多食物都是醃製的，要吃到新鮮的水果和蔬菜真是不容易，因此當地人都瘦瘦的，吃不好，做的又多，真的很辛苦。」

說著說著，他又自言自語地說：「臺灣真是一塊福地，我們真的很幸福！」然後對著小兒子說：「要知福、惜福、再造福！以後不能太浪費，媽媽煮什麼就吃什麼，不可以再嫌東嫌西了。」聽著他們父子的對話，感覺到幸福就在眼前，因為終於有人替我說話了，心裏好感恩。

「手語真的很管用，是無聲的肢體語言。在〈我們都是一家人〉的歌聲中，我提起勇氣去牽和我一樣都不會跳舞的北朝鮮人，和我們一起舞動起來。在舞動中，看到他們微笑的臉，和我們的心共舞在一起，真的很感動！」

「平日都不覺得手語的好處，也不想去學手語；在這種語言不能通的地方，才真正體會到它的妙用，以後應該多學習，免得臨場學習跟不上人家。」

先生的一席話，以及深刻的體悟，將是他學習「開放自己，接納別人」的第一步，凡事起頭難，跨出去，路就好走了。

二〇〇〇年五月，慈濟對北朝鮮的賑濟，主要是發放肥料。「這次的肥料發放，由慈濟人親自發放，當地人一起配合；連小孩子都訓練有素，可以扛起五十斤重的肥料，看了真讓人心疼。」

志工們又坐著車，到其他地區去發放；途中看到一群人正在撒種子，有的正在撒肥料。「那不就是我們發放的肥料和種子嗎？」看到這一幕，同行的人都掉下了「感恩」和「感動」的淚水，心中生起了上人慈悲和智慧的臉孔……

上人常常說：「做就對了！」先生表示：「看到肥料和種子被撒播在異國田間的那一幕，真是難以忘懷，期盼和虔誠地祝福他們，撒下的種子能夠豐收。」從分享的言語中，我感受到先生的悲心，已經在北朝鮮行中被牽引出來了。

「掉下感恩和感動的淚水時，心裏一定很舒暢吧！」我說著。

「當動感電影在動時，心是否跟著在動呢？凡事亦如此，遇境時，觀察自己的心，是否也跟著在飄動；當動感電影是動感電影，心是心，不受牽動才是真功夫！」曾有慈濟人告訴先生這個道理。

「以前，我常常看這裏不順眼，看那兒不如意，也許就是我的心被牽動著吧！以後我不應該再這樣，應該多參與活動。」

一趟北朝鮮行回來後，先生體會到：「參加活動，為什麼一定要和熟悉的人在一起呢？和不熟悉的志工在一起，五天後，大家都熟悉了，也乘此機會多認識了一些朋友。」

欣見先生的成長，我無限喜悅，也無限感恩。感恩同行的志工們，一路上的慧語給予鼓勵，讓他在這次國際賑災行中有深刻體悟，找到正向的人生。

筆耕隊一頁風景

每次回花蓮參加大型活動，無論是寫花絮、人物素描、人物專訪或五千字以上的專題，在陳美羿老師的「操兵」下，筆耕隊員都會全力以赴，希望能握住每一個難得的因緣。

記得第一次到花蓮參加採訪工作，因為不認識受訪者，大家就依個人拿到的名單去尋找。人群中不知受訪者在何處，那時，學尖端科技的劉鼎龍腦筋動得特別快，馬上在胸前掛起一塊厚紙板，紙板上寫上受訪者名字，以便尋人。

隨後大家都學他，於是靜思堂門口站了成排掛著「尋人啟事」的筆耕隊員，大家都希望早點找到受訪者。

對遠道回來的海外慈濟人來說，每一分每一秒都非常珍貴。於是，筆耕隊跟前跟後，上課跟著上課；下課了，隨時聊聊採訪，一天下來可以得到不少資訊。加上事前從資料中對受訪者的了解，再利用臨睡前做一些補充。

採訪者的「誠」，換得受訪者的「真」，往往會掏心掏肺說出許多感動的人和事，於是寫出許多動人的詩篇。

活動第一天，美羿老師特別叮嚀大家：「十點鐘準時就寢，採訪時一定要叮嚀學員不能耽誤上課時間，如有違規，下次就不要來了！」

每位採訪者都是美羿老師聽話的學生，大家準時用餐、準時就寢。也許是採訪的時間比較短，文字量也相對減少，美羿老師才有時間大刀闊斧地現場修改文章邊指導：「『外子』要改成『先生』啦！這樣寫變成了作者的先生！」「你們慢慢敲、慢慢寫，是想得文學獎嗎？」

「我只訪問了三個人，怎麼寫出專題五千字？」有的人當場請教。

其他人也忙著問編輯兼攝影的許明捷：「老爹，受訪者的相片在我的數位相機裏，麻煩你幫忙找一下好嗎？」

風趣的許明捷說話了：「找我的人都必須排隊掛號，叫號不到者要往後退五號！」然後看著照片：「淑菁！你過來，人頭藏到哪裏去了？」「秀蘭！你的人物都糊掉了！」許明捷幫忙買相機，還要教會大家攝影技術，真是辛苦。

樂生與我

二〇〇一年，我為了寫《一個超越天堂的淨土》書中，樂生阿嬤陳衛老菩薩的故事，第一次上樂生。

歷時半年多，經歷多次造訪樂生、訪陳衛，這篇〈樂生阿嬤〉才完稿。在訪問陳衛的過程中，讓我感受最深的是，陳衛真的很想用自己的手，去賺錢來行善布施。偏偏上蒼卻給她一雙傷殘的手。

她的一生只輪過三次以工代酬（打掃院子），一次一千元，總計賺得由政府支付的「職業治療」三千元，而她想再做也沒有機會。

當她拿到這筆錢時，她這樣對我說：「我要把今生親手賺的三千元，全部拿去做大一點的布施。」當時我不懂她的意思，後來才知道原來她想捐款的項目是慈濟「國際賑災」，因為在她心目中認為國際賑災可以幫助很多很多人。

多年了，屢屢想到陳衛，傾盡一生唯一的賺錢機會，做了最真誠的布施，我好感動。也很感恩她以菩薩示現，讓有雙好手的我體悟出「能做就是福，懂得布施更是福」的道理。

二〇一一年她往生了，我用感恩心送走了她。

二〇〇二年八月，陳美羿老師用心帶領下的第一本有價書終於出爐了。九月二十八日教師節這一天，美羿老師和大愛臺前節目主持人陳凱倫及筆耕隊所有成員，都相約來樂生為新書拍廣告。

「秀蘭！剛接到電話，書已經出爐，下午有人到樂生參訪，能不能請你先生載一下！」接獲美羿老師電話，即刻和先生把書送上樂生。

卸下書，我們和陳衛阿嬤一起在大同舍外老榕樹下，與金義楨阿伯聊天。金阿伯知道先生首度上樂生，先為他介紹樂生裏的建築，從哥德式建築談到三合院式的溫馨。

接著，金阿伯又問：「有沒有什麼問題？我們可以一起聊聊，沒關係，什麼事情都可以聊。」先生逃不過金阿伯的慧眼，說：「我就是喜歡鑽牛角尖。」

「知道自己鑽牛角尖的人還算不錯！有的人還不知道自己在鑽牛角尖呢！」金阿伯回答後又問他：「你知道什麼是寒山路嗎？寒山路，是往寒冷深山的路，直走到盡頭。這座寒冷深山的叢林之下，因為冰山覆蓋，寒山本無路！」

「『人問寒山路，寒山本無路；炎日冰未釋，月下霧朦朧。』你懂這首詩的意思嗎？」金阿伯解說：「寒山下的冰雪，遇到了炎日也不會融化，但是你相信在柔和的月光下，冰山會呈現霧朦朧的狀態，反而容易融化嗎？」

金阿伯覺得我們不甚理解，又解說：「就如一個心有千千結的人，遇到一位語氣帶著火味的人，沒有耐心去聽對方說話，結果心中的結永遠解不開；如果遇到的是一位語氣如月光般柔美的人，耐心地聽對方說，他心中的結自然會慢慢解開。」

當時，金阿伯就像特意對我說的，我只好自招：「金阿伯，那炎日就是我！」

十月十三日，是週日，獨自上樂生。先到大同舍探望陳衛阿嬤，又到金阿伯住處。院友們正香甜午憩，我悄悄地走到金阿伯床旁，他用萎縮彎曲的左手，猛往胸口滑壓，緊皺著眉頭。看著他跌斷的左腿，我問：「金阿伯！很痛嗎？」

金阿伯說：「我才剛吃下心臟藥，心臟還在痛！」

我幫金阿伯指壓耳朵和背部，再拿衣服，讓金阿伯換下身上因為痛楚而汗溼的衣裳。金阿伯的左手漸漸移開胸口，終於能夠開口說話：「瘋瘋病患大都血液循環不好，想按摩，但是院友都沒有手指頭……」

阿伯的每一句話，對我來說都有啟示和教育。真的很感恩，感恩父母、上蒼賜我健康的身體及一雙健全的手。接著我問金阿伯：「您好一點了嗎？」

心思細膩的金阿伯不等我把話說完，好似忘了自己心臟痛，反急著關心起我來了：「你先生呢？怎麼沒有一起來？」我順口溜了嘴：「他去上空大，他就是愛生氣。」

金阿伯看穿我的心，馬上回說：「你應該高興才對呀！因為他露出最坦誠的一面給你看，別人還看不到他這一幕呢！」金阿伯又教我：「只用你的耳朵和眼睛。女人要當永遠的媽媽！」

回家路上，我一直思索著金阿伯說的話。

心情好，我愛上樂生；心情不好，我更愛上樂生。深深覺得：「上樂生，是洗滌我心靈的一帖良藥。」

因此，每次我的慈濟會員有心結解不開時，都會帶他們上樂生走走，找尋治療心靈的良方。

一個冬日午後，我對開計程車的會員李先生說：「請載我到樂生一趟，我想去樂生看一位金阿伯。」為了留他安心在樂生細聽金阿伯的話，我包下他午後的車程。

李先生開車不小心撞擊了好幾輛車，事情延宕半年多仍未解決，他很煩、全家人更為他操心。

帶他到金阿伯住處，我坐在金阿伯身旁，金阿伯看他不好意思坐下，輕輕問道：「您有事嗎？坐下來，我們聊一聊。」

當時，只聽到李先生輕輕提到他的太太。金阿伯好似會寫臉譜，料事如神對李先生說：「你們兩人來自不同家庭，成長背景不同。她無法理解你，你也無法理解她。你把天上的月亮摘下來給她，她也不會滿足；你把海底的針撈到了給她，她也一樣不會知足。等有一天，你做好了自己，太太就會回心轉意，回到你身旁。」李先生聽得入神。

「什麼是『信、解、行、證』，你知道嗎？」金阿伯說：「信就是相信，解就是理解，行就是實踐，證就是結果。」

金阿伯接著又說：「你先要『相信』能做好你自己；然後『理解』如何做好自己、為什麼要做好自己、怎樣才能做好自己，理解做好自己是多麼重要後，接著就要去『實踐』；實踐之後，你就會有一個美好的『結果』。」臨行前，金阿伯還不忘叮嚀李先生：「參加慈濟歲末祝福也很好。」

驅車回家路上，兩人心情都非常愉悅。我將身上一個紅包袋，寫上「信解行證」四字交給李先生，希望他能永遠記得金阿伯的金玉良言。

李先生也不負所望，轉一個念，下一個大決定說：「明天開始我不開車了，利用剩餘十幾天時間，把家裏環境打掃、油漆一下好過年，過年後再找工作。」

隔天，李先生帶著一家四口，參加那年最後一場次的社區歲末祝福，為將參加高中聯考的大兒子祈福。後來，兒子順利考上高中，年後他也順利找到工作。

「懂得感恩的人最有福。」當李先生得知金阿伯往生的消息，當天已經很晚了，他還堅持下班後上山為金阿伯助念，送金阿伯最後一程。

一個秋日午後，清風徐來，興沖沖的我從板橋帶來幾杯溫熱豆花到林葉師姊住處。林葉師姊望我一眼：「我們在樂生什麼都有，以後不要再帶東西來，你就拿出去分給大家吃吧！」走出林葉家門，我分給了大同舍的每一戶人家。

金阿伯也常教我：「吃人四兩，要還人一斤。」提示我：「受人點水之恩，當思泉湧以報。」每次到樂生，形式上是我去關懷、探望老人家；事實上，是我來挖寶、請益、受教，也被關照。

自從寫了樂生故事後，我常上樂生。一到樂生，慣性會到大同舍探望陳衛阿嬤、林葉師姊，再到朝陽舍看老管家黃貴全和一群老菩薩。新大樓建好後，老菩薩一個個凋零，陳衛、黃貴全等人都住在套房裏，探視不易。

最後一次看到老管家黃貴全，是在院區的病房。那是週六上午十點左右，我來到病床旁，護理師說：「他昨天還是清醒的。」我看到床邊小桌上，放了一張陳美羿老師和筆耕隊友小菁菁的合照。好奇問護理師，也打電話問了小菁菁，才得知「老管家在等著上人，想看上人一眼再走！」

當時正隨師的陳美羿老師得知消息後，隔日早晨從花蓮帶著有證嚴上人相片的念珠，搭飛機到臺北趕往樂生，把它掛在黃貴全手上，他才安心。

黃貴全為人非常謙卑，但他曾誇大口說過：「我照顧過那麼多人往生，自己怎麼可以漏氣！」果真，陳美羿老師為他戴上念珠後不久，黃貴全就在眾人念佛聲中安詳往生。那年他剛好年滿百歲，金阿伯讚歎他是：「百福百歲人瑞！」

「慈，與樂；濟，拔苦。慈濟，無處不在。」每次到樂生，金阿伯總是如是關心我，安我的心。林葉師姊也這樣對我說，「訪問一個人，人家掏心掏肺告訴你」，讓我覺得也該「用真心，去對待採訪過的每一個人。」

一次，我帶著一位年輕、穿著時髦、正在參加慈誠培訓的演藝人員到樂生，林葉師姊望了他一眼，看著他穿了膝蓋破洞的牛仔褲，馬上說：「師兄，『慈濟』的形象要顧好。」又說：「你要問問自己為什麼進慈濟？不要只是因為一時感動而許下承諾，培訓穿上制服，那才是一個開始。感動只是一時的，清楚為什麼做慈濟才能恆久。」

這位藝人，經過入經藏洗滌也很有慧根，點點頭，答應會將林葉師姊的話牢牢記住。

一個冬日午後，我又來到金阿伯住處，他指著身上補過多處的厚衣服，對我說：「我這件衣服從戰爭時穿到現在，衣服能穿就好，要惜福。色身要養好，營養要注意，有健康的身體才好行善。」

金阿伯如父亦如母般叮嚀我的話，歷歷如在耳際。

二〇一二年六月二十六日清晨，他預知時至，安詳自在往生。他老人家，留在我心中的是永遠的感恩和祝福。

牽繫髓緣的生命「紅娘」

「當得知在萬分之一的機率下配對成功的那一刻起，受髓者便燃起了生命的火花；身為關懷小組的我，感受著受髓者的心情，小心翼翼地陪伴著捐髓者，全程、全人、全家人，盡量做到滿分關懷。」北區關懷小組王靜慧這麼說。

一九九二年間，國內推動骨隨捐贈的風氣蓄勢待發，適逢衛生署立法修改「人體器官移植條例」，使得骨髓捐贈不再囿於法令而無法施行。證嚴上人基於「尊重生命」的理念，在衛生署及各大醫學中心支持下，全力推動骨髓捐贈活動。一九九三年十月，慈濟骨髓捐贈資料中心正式成立。

上人早在一九八〇年間，便探訪過一位血癌病童；對其苦等親屬骨髓配對卻無人可以協助，留下深刻印象。經過多年了解、觀察，上人不忍再見到血癌患者倒數生命的悲苦，毅然扛起這個「難上加難」的搶救生命任務，為飽受血癌之苦的病患及其家屬，帶來一線生機。

了解到捐髓者的需要，陪伴關懷便從一九九四年首例開始，「骨髓關懷小組」隨之成立，並落實於社區。

當時的臺灣民眾多昧於傳統觀念，認為捐骨髓會導致「不孕」、「殘廢」等嚴重後果。在上人「捐髓救人，無損己身」的號召下，各地慈濟人皆動員起來，不僅率先挽袖參加捐髓驗血活動，更與醫療人員組成「骨髓捐贈醫療小組」，利用工作、家事之餘奔走於大街小巷去宣導「慈悲入骨，髓緣布施」，把握住每一個扭轉觀念的機緣。

新竹地區慈濟委員、北區捐髓關懷小組成員之一的曾碧玲，在骨髓資料庫還未建立之前，便曾勸說一位做過親屬骨髓配對的朋友加入驗血活動；因為朋友對骨髓移植有相當的認知，便答應驗血，並協助說服了四個成年人及兩個未成年孩子合計七人。她因此認為，勸募捐髓應該不困難，便欣然承擔起骨髓捐贈的宣導工作。

原本信心滿滿的曾碧玲，在先生及好友的強烈反對下，著實「踢到鐵板」，使她一度躊躇不前。生性好強的她，並不因此失望，反而更積極地從事宣導工作。

曾碧玲說，早期捐髓驗血尚未打開風氣，確實困難重重。宣導小組常常一早到學校朝會現場，傍晚到南寮漁港，晚上則到文化中心；街頭、鬧區、市場、營區都有她們宣導的足跡。在人們還不清楚什麼是骨髓捐贈的情況下，街頭宣導時還被罵過「無聊」。

初期用來宣導的海報都是手寫的。隨著時代進步，海報改以投影片；及至電腦普及，才有人幫忙用電腦繪製流程，宣導效果更為顯著。

有一次到軍營宣導時，適巧一位軍中弟兄得了血癌，長官因此非常響應並鼓勵弟兄參加骨髓驗血活動；當天的五百個名額很快就額滿，在場還有很多弟兄未能參與驗血活動而遲遲不肯離去。那溫馨的場面，讓曾碧玲感動得紅了雙眼。

曾碧玲也曾應邀到工研院宣導。當她說起軍營的那段感人事蹟時，又情不自禁地眼淚盈眶，感動了在場的一位高階主管。這位主管曾是曾碧玲先生的直屬長官，事後協助策動臺積電兩場驗血活動，並在廠慶時提供慈濟義賣攤位。

宣導捐髓的感動，也令曾碧玲的先生對她更為敬重；不但不再執言反對，並且參與慈濟，成為慈濟榮董、參加大陸賑災、支持捐髓驗血宣導、並驗血加入骨髓資料庫。這樣的改變令曾碧玲喜極而泣，現在婦唱夫隨，攜手同行慈濟菩薩道。

骨髓初步配對成功後，在第二次驗血比對時，首先要堅定捐髓者的救人意志，這更考驗著關懷小組成員的悲心與耐力。

慈誠隊員同時為北區關懷小組成員的徐順進說：「初次關懷時，捐髓者誤以為我們是受聘來的，稍有不如意立即表示不滿；在表明我們是無償付出的關懷志工後，捐髓者才恍然大悟，體認到『施比受更有福』後，都充分配合。」

徐順進又說，捐、受髓者間似乎有著極深的緣分。早期捐髓時，捐髓者必須到受髓者住的醫院去抽血配對。有一次，在臺北榮總的一位受髓者，同時與分別來自花蓮、臺中、桃園的三位捐髓者配對上；當要再次比對，從三位中篩選出一位最適合者時，因三人的年齡相仿，關懷小組便把他們齊聚一堂；原本陌生的三人似曾相識、言談甚歡。不禁令人對血緣的奧妙連連稱奇。

桃園區慈誠隊員也是北區骨髓關懷小組成員的陳東明，提到勸說捐髓者家人同意的波折：「曾有一位大學生有意捐髓救人，他的父親卻反對，經過再三溝通，父親要求醫師出面說明。在專業人士親自打電話溝通後，父親才放棄他的堅持。關懷小組每天以電話聯繫，隨時關心這位大學生的生活作息，一個月後陪他到花蓮抽髓，就在象神颱風天裏完成救人的使命。」

北區骨髓關懷小組成員宋秀端也提到勸說家屬的難處：「早期因宣導不足，許多年輕人在朋友起鬨下參與驗血活動，等到配對成功需要進一步比對時，才一臉茫然；好不容易解說清楚，令對方願意救人一命，又遭受父母反對。關懷小組常提著水果登門拜訪，在客廳裏枯坐一個晚上，乘著連續劇空檔伺機切入話題、費盡唇舌，才誠意取得捐髓者家人首肯。」

冒著風、淋著雨、摸著黑，慈濟人常如此穿梭於人間菩薩道上。

某個颱風天，狂風勁拔行道樹。曾碧玲不懼風、不畏雨地約出兩位捐髓者做第二次抽血比對。她說：「兩個人之中，一位順利完成，另一位配對者卻苦等不到；好不容易輾轉找到人，只見他正吃著泡麵，身子又瘦又小。在醫院裏八根管子只抽了六根，只得晚上再約他；想不到他卻避不見面，讓我足足等了四小時，當時我真的好想哭。」可以想見，關懷小組成員承受的壓力與挫折。

在北區關懷小組成員蔡秀金的經驗裏，碰到年輕的包姑娘，就像是觸摸到熱燙的杯子，一點辦法都沒有。

初次見面時，她傲氣十足，看起來非常不友善。高頭大馬的包姑娘，一家人都過著夜生活；白天家人需要睡覺不能找她，晚上她上班後又不容易找人。

包姑娘參加驗血活動，父母並不知情。當關懷小組告訴她配對上時，她自己嚇了一跳；還在半信半疑間，因為手機壞了而斷了音訊。她深怕受騙，但內心仍充滿善念，曾到慈濟臺北分會查詢卻落空；後來她看到戴著證件的慈濟人，上前攀談，才終於又搭上線。

關懷小組接到個案時，因她臉色蒼白，便開始注意她的飲食，替她進補，天天往她家送營養食品；誰知她因怕胖要減肥，結果營養食品都讓媽媽吃了。她的爸爸說：「告訴那些師姊不要再送吃的來了，否則會肥了你媽媽！」

關懷小組苦口婆心地告訴她：「健康的人骨髓才會有活力，營養不足會令你救人的心願前功盡棄喔！」終於，愛心的堅持破解了原有的減肥計畫。

去花蓮捐骨髓當天，志工們一早送她上飛機時，看她還是睡眼惺忪，便小心翼翼地問她餓不餓？她衝口就說：「笨蛋！睡覺怎麼會餓？」後來才知道，原來她是討厭坐飛機。

抽髓過程中，關懷小組全程無微不至地陪伴，兩天一小補、三天一大補。在溫情攻勢下，一臉冷酷冰釋了，歡喜地圓滿捐受髓手術。包姑娘在住院時寫了一封文情並茂的信給受髓者：「相信你的黑暗即將遠離，在這個世界上多了一個人的祝福……」

蔡秀金說：「包姑娘和我的女兒一樣大。兩年多來，她常到我們家，彼此變成了好朋友，還和女兒一起參加慈濟的活動。慈濟的美，讓她拋開了冷漠，也在捐髓之後體會到人間溫暖。」

「捐髓救人，無損己身！」「救人一命，無損己身！」地下道口、公車站牌、車站等人潮過往的所在，兩人一組、穿著慈濟志工服、胸前別著名牌，用力叫喚著路人瞄一下手中小看板及宣傳單；慈濟人挽起了袖子，走在人群面前宣導捐髓驗血活動。

慈濟委員年齡不一、學歷不齊，唯有愛心相近。當年上人一呼籲，幾乎所有慈濟委員都成了骨髓宣導小組，無不全力以赴；只是，瞬間的解說讓人難以認同及參與。有鑑於此，當年身兼北區二十三組組長的王靜慧，自己設計了一本以圖畫說明骨髓捐贈過程的書。

王靜慧說，她於一九九四年承接骨髓關懷小組。當年，大部分的個案都在臺大，她從中學習到許多經驗；回歸社區後，她已得心應手，並將經驗與各區關懷小組分享，將摸索而來的心得，轉化成大家成功宣導的墊腳石。

接獲通知後，關懷小組前往關懷捐髓者；那是全程的陪伴、全人的照顧、全家人的關懷。「吃飯也管、睡覺也管、走路、騎車、旅遊，什麼都管。」曾有捐髓者如此形容。王靜慧以及所有關懷小組成員以供佛之心，溫柔善待，期待另一個圓滿的生命延續。

那分等待的心情，猶如王靜慧所言：「一次捐髓，兩顆心。」她曾照顧一對同是十八歲的捐、受髓者。捐髓當天，捐髓者的母親不忍到醫院目睹兒子捐髓的那一幕，便留在家中，落淚等待著孩子捐髓後的平安佳音；受髓者的母親，則在病房外凝望著她的兒子接受殲滅療法，等待接受捐髓者給予骨髓，迎接重生的喜悅。

「每個故事都很感人，令人動容的情節也不斷地上演。從健檢、自備血、抽髓、捐髓等過程，眼見捐、受髓者留著不同的眼淚，我的一顆心也化作兩種心情，交織成無法言喻的酸甜喜悅。」王靜慧輕柔說著。

花蓮地區關懷小組負責人彭勳君師兄及惠美師姊，兩人夫唱婦隨；除了關懷花蓮地區捐髓者之外，外縣市來到慈院的捐髓者大部分由他接送，惠美幫忙照顧、燉大補湯。

彭勳君說：「一個人願意捐髓或臍帶血而配對上，是非常難得的因緣；所以關懷小組都盡心盡力，以促成得來不易的因緣。」關懷小組在捐、受髓者間，默默充當起「紅娘」的角色，牽繫起了兩個生命及家庭間的深刻髓緣。

在一次的「相見歡」裏，有一對捐、受髓者同是十八歲的孩子，在花蓮靜思堂聚首。在燈光柔美、莊嚴雄偉的靜思堂裏，優美動人的歌聲伴著主持人的感性話語。當主持人宣布十八歲的受髓者之髓來自於一位也是十八歲的捐髓者時，兩個孩子及雙方的父母親激動地擁抱在一起，那一刻，臺上、臺下熱淚奔流……

捐髓者的母親說：「我感動兒子對大愛的堅持和勇敢，我也感謝我自己，在不捨與不忍中，仍給予孩子鼓勵及護持。」受髓者的母親擁抱著兩個孩子，感動得道不出任何話語，只能讓淚水盡情地流著。關懷小組牽起了兩家的手，在他們「做媒」下，兩家人得以繼續編織出真善美的生命樂章。

（合作撰文／杜紅棗）

以和善心看世界——關懷臺北少年觀護所

雲淡風輕，寒流來襲午後，驅車追逐冷風，往山上的路行駛來到土城，進入臺北少年觀護所。

三面環山，從停車場往大門眺望，高高外牆，隱約可看到布著一圈圈刺鐵絲網。

大愛臺採訪記者石筱薇、黃寧皓先到，已經在停車場等候；接著中和區慈誠隊副中隊長廖本金和我，載來筆耕隊結緣的一箱書《一個超越天堂的淨土》和一百顆蘋果。

尾隨於後的永和區委員陳琇琇、筆耕隊員郭寶瑛、楊芳嬌、陳美羿老師等，也在下午兩點前準時到達。

廖本金打開後車廂門，蘋果香迎著風飄來，石筱薇摸摸紅冬冬的一極品蘋果，目光被貼有小菩薩插畫的靜思語吸引，我說：「每個蘋果貼上靜思語，是筆耕隊的隊員潘淑菁和她的雙胞胎姊姊潘淑萍，兩人用心的傑作。」

「秀蘭師姊！我一個人搬不動蘋果，能不能請師兄來幫我？雙胞胎姊姊暈倒了，現在家人在醫院裏陪她……」這是前一天夜裏九點多，潘淑菁的呼喚。

根據淑菁表示，淑萍很用心，為了找一百句適用於這群孩子的靜思語，用心邊找資料邊打電腦，心裏想著這群離開家的小孩，淚珠不停落下。資料打一半，舊疾復發，淑萍還是強忍著痛，打完靜思語，人就昏倒了。

淑菁說：「家人送淑萍到醫院，我一人在家貼靜思語，每貼一句虔誠念一聲佛，祈求上達諸佛聽。願句句靜思語，深深刻印在孩子心版上，也願孩子的心能吸收到病中送來的祝福。」

深入獄所關懷不是易事。《經典》雜誌出版後，慈濟人發起共訂《經典》分送全省獄所，陳琇琇說：「沒想到撒播種子後，就有人主動打電話來，總算看到播下的種子在萌芽。」

在新店司法監獄裏，以前播放的是高亢有力的軍歌，現在播放的是慈濟歌曲；以前是慈濟人唱歌給受刑人聽，現在是受刑人唱慈濟歌曲給慈濟人聽。

在土城看守所，有劉昕蓉教女受刑人做紙蓮花義賣，以土城看守所名義捐款給慈濟，還將靜思語融入課程中。

手做蓮花、心想蓮花、口賣蓮花，每位受刑人也被牽引出心中的那朵蓮花。

之後，劉昕蓉從土城看守所調到臺北少年觀護所，慈濟種子也順隨因緣來到少觀所。

劉昕蓉，身材高挑、氣質柔美，有一顆慈悲的心，到花蓮參加靜思生活營，證嚴上人祝福她是地藏王菩薩，也期盼少觀所能成為模範所。

下午兩點，打扮樸素的她，笑臉迎面而來，簡介少觀所：「這兒有八十多位孩子，都是十八歲以下未成年人。孩子犯罪背後，大都有一個隱形推手——沒有溫暖的家。忙碌的工商社會，有離異父母、也有許多有名無實的家，家長疏於管教讓孩子重複犯錯。現在法律對孩子較寬容，被法院定罪才會送到觀護所。」

「有的孩子年紀比我的孩子小。」劉昕蓉發現社會病象，很疼惜、無奈地說：「一些犯罪孩子的父母，年紀很小就生小孩。照顧自己都成問題了，哪有能力和心力來照顧孩子呢！」

歲末祝福愛灑人間活動，在三樓禮堂舉行。

「趕快進來，快進來！」獄警開第一道鎖，走在後頭的劉昕蓉接著說：「要全部的人進來，關上門，才能開第二道鎖！」

過三道鐵門，穿過中庭，坐電梯上三樓大禮堂。志工們迅速將結緣品擺置在長形桌上，妝點美觀的藤籃內放著帶有兩顆巧克力的紅包，另有兩箱梅花燈。

「兩顆巧克力代表一個你、一個我，有巧妙克服困難的能力。」在昂揚樂聲中，陳琇琇詮釋結緣品。

整齊的鐵椅上端坐著八十多位同學，女生有十多人。他們沒有了自由，也就沒有了個別。男生理平頭，女生剪短髮，一律穿著淺藍色夾克和拖鞋，胸前別著號碼牌。

為愛暖身，由竹林中學蘇國華老師教唱〈我願〉。

當歌聲響起——「我有一個小小的心願……我願人人健康平安，相親相愛，家庭溫暖……」這群離家小孩，一個個舉起食指，擦拭著從眼眶流下的淚珠，排成行的志工，淚水也奪眶而出。

彼此間的小小心願，當下，交融於愛的淚珠中。

美羿老師以樂生故事和孩子們分享，孩子專心聆聽。

樂生故事之後是有獎徵答，志工一字排開，準備將手上的書和同學結緣。老師題目還沒說完，已經有人興致勃勃地舉手。

「證嚴上人說，不怕犯錯，請問下一句？」

「只怕改過。」一位坐在前排的孩子忙中口誤，老師補充說：「是『只怕不改過』！」

「還是答對了！」師兄走上前去，除了送書，還送上祝福。

「發起賣心蓮的是樂生哪位院友？好，後面的女同學。」

「宋金緣！」

「答對了！」師姊走到後面，送書給這位女同學。

小銀幕上放映，衣索比亞的苦難、印尼和菲律賓義診、亞洲地區的愛滋氾濫……

許心願、傳心燈，燈傳燈、心傳心，愛的傳承，孩子虔誠許下心願，看到自己的真心。

有位個子較小的男同學，勇敢拿起麥克風：「看到衣索比亞孩子沒東西吃，覺得自己很幸福。」後面一位高個子男同學也勇氣可佳：「我覺得以後要更惜福了！」劉昕蓉補充說：「還要知福和造福。」

後面少數女生中，一位個子不高的女生，眼眶中流著淚水：「出去以後，我會好好愛我的媽媽。」

感人的畫面就在那一刻，師姊遞上衛生紙，抱住了回頭的浪子，暖暖的愛在蕩漾。

輕盈的步履列隊前來，熄滅了手中梅花燈。慈濟人列隊，擁抱一個個心靈受傷的孩子，孩子口中也輕輕地說一聲，感恩！

送一分愛心，送一分祝福，看著稚齡犯錯的孩子，臉上煥發出的還是那分柔柔的善與美。

少觀所每個人，彼此照面的那一刻，心是如此真誠，有著你有著我，輝映著心中那朵拓展的蓮花。

相信有心就有力量，打開心門迎向藍天，乘著白雲奔向陽光，伸出你的手，握著我的手，路會更好走。

當我們許下了願望，以和善的心看世界，心就像天空，可以無限寬闊。歌聲再響起，乘著歌聲的翅膀，走出臺北少年觀護所，雲更淡風更輕……

回首當年話慈濟——士林、中和區歲末祝福

二〇〇〇年十二月二十七日下午一時整。臺北關渡園區內，擠滿了來自中和、士林地區的慈濟人。有已受證、將受證的榮董、慈誠、委員，大家滿心歡喜，準備接受證嚴上人一年一度的歲末祝福。

活動在「回首當年話慈濟」中展開序幕。七位資深委員，在舞臺上演出當年跟隨上人行腳的感人片段。她們用心的精湛演出，真不輸給職業演員呢！

慈祺師姊以美妙的手姿，娓娓道來，我的婆婆生病了，師父來看我的婆婆。

我對師父說：「婆婆生病了，我不能出去做慈濟，怎麼辦？」

師父開示：「該還的要還，該做的要做，你將來就會很好命。」

我很乖地聽了師父的話，好好地侍奉婆婆。後來，我真的很好命。

靜妙師姊柔和地說，以前和師父一起去看貧戶，大家都穿著短袖的衣服，還流了滿身汗。

我就問師父：「我們都穿著短袖，還流滿身汗；為什麼您穿著長袖衣服，一點兒也不會流汗呢？」

師父說：「心靜自然涼。」

靜品師姊慢慢地說，以前的我，覺得自己很笨，「真頇顢」！

師父就對我開示：「每一個人都有一股潛在的能力，叫做良能。要把它啟發出來！」

我把師父給的這句話當成座右銘，往後的人生中，對我產生一股無形的力量。

慈涓師姊靦腆地說，以前我很喜歡和先生吵架。師父就對我說：「幸福要自己把握，不要讓它溜走。」我聽了師父的話，改變了自己。結果，先生就進來慈濟參加「保全組」（慈誠隊前身）。

慈菊師姊感恩地說，以前先生每天都會等我做早餐給他吃。有一次帶先生去見師父，先生聽了師父的開示，回家後就每天親自準備早餐。我很高興告訴師父這件事。

師父輕輕地說：「你還是要盡自己的本分，做自己應該做的事。」我聽了師父的話。結果先生進來參加「保全組」，連同兒子、員工也都加入慈濟。我覺得自己好幸福喔！這一趟人生，我真的沒有白來！

靜緣（老三師姊）：

我是上人當年訪貧時的司機。有一次載師父到南投竹山去訪貧，最後只剩下一戶，我知道師父很喜歡竹子，就對師父說：「溪頭風景很漂亮，離竹山『真近』，我帶您去看『真直』的竹子。」

師父說：「花蓮的常住師父們工作得那麼辛苦，我們怎麼可以去欣賞風景呢？」

我對師父說：「我把車子繞一下就好了。」

「你敢！」師父這樣對我說。

我說：「師父！我真的不敢！」

楊玉雪（老二師姊）彎下腰指著小腿說，當年和師父出去訪貧時，有一位貧戶整隻小腿潰爛，從他家門口就可以聞到臭味。

我們都很害怕，師父卻非常慈悲和勇敢。一進門，就牽著他的手，拍拍他的肩膀說：「你安心，我們會來幫助你。」當下，我覺得師父好偉大喔！

當戲演完，七位資深師姊突然面向上人跪了下來。就在那感恩的時刻，我看到臺下的師兄、師姊全掉下了淚水。

最後，上人開示中提到：「我也很珍惜當年的那段時光。幾十年來，我不知道臺灣『美麗的風景』在哪裏？但是，我無時無刻都在欣賞每一個人的『心地風光』。」

註：一九七二年，靜銘（超大師姊）從花蓮來到臺北慧日講堂參加法會，結識陳美珠（老大師姊）、楊玉雪（老二師姊）、胡玉珠（老三師姊），接引了慈濟在臺北的第一顆種子。之後，經由她們發心播種，成就今日隊伍浩蕩長的臺北慈濟人。靜銘師姊於二〇〇〇年往生。

黑暗中的兩道光芒——專訪慈濟日本分會執行長張秀民

二〇〇四年十月二十三日下午，日本新瀉縣遭受芮氏規模六點八的強震，接連又發生三次芮氏規模六左右的餘震，幾日內發生了數百次有感餘震，遠超過阪神大地震的頻率。

逾十萬戶居民連日沒電、沒水可用，死亡人數三十一人。

慈濟日本分會執行長張秀民說：「地震發生當時，全城一片漆黑，慈濟分會馬上找尋管道，聯絡上日本救災中心，得知受災民眾需求。緊密聯繫了二十四小時，終於在二十四日下午六時，得知受災民眾的急需品是棉被、麵包、食物和礦泉水。」

「剛辦完慈濟活動，買了兩百五十套棉被，只用了一百套，就將剩下的一百五十套新棉被和兩千多瓶礦泉水，搶上第一時間送到災區。因為日本是一個福利很好的國家，善心人士很多，有機會就要搶先！」

張秀民輕聲細語地說：「國內九二一大地震時，日本也支援過臺灣，這只是回饋日本當地的一個機會和方式。」

「災後第三天，民眾就不缺棉被、麵包和礦泉水了，需要的只是熱食！慈濟人於是排除萬難到達災難現場，搭起帳棚、送熱食。」當時還在不斷餘震中，慈濟人為了安全和便於送食，在離災區車程一小時半的海邊租民宿，每天將煮好的三、四百份熱食送到災區。

「十月二十五日晚上十時，預計送熱食到災區，在慈濟人不多的日本，尋求到的支援車輛不足，民宿老闆為我們租來兩輛計程車接送人和物品。」這兩輛計程車的司機，看到一群來自臺灣的熱心慈濟人，很感動地說：「看到你們外國團體都來幫忙了，我們一定會振作起來。」事後，兩位司機主動捐出一半車資給慈濟。

到達災難現場，兩輛車面對面停置，開著車燈照亮周圍，方便慈濟人將熱食一碗碗恭敬地送到帳棚下的民眾手中，張秀民說：「他們車燈這樣一開，就連續開了兩個多小時！」

不怕費電熄火的兩輛車，車燈在黑暗中散放的光芒——如和煦陽光，如愛之暖流，綿綿不斷沁入人人心田。

輯五

童心晶瑩

太陽，巨大的眼睛，
不如我視野寬廣；
月亮，驕傲的銀輝，
也會被烏雲遮擋。
春天啊——春天來了！
我活得快活，像國王！
……
沒人敢看的，我看，

沒人凝望的，我凝望；
黑夜臨近了，羊羔
為我把催眠曲歌唱。

濟慈．一八一八年

陳昱辰（小學時期作品）

媽媽，我真幸福

我的媽媽是快樂的行善者。

小時候，媽媽帶我去看一位就讀高中的大哥哥，他的父母雙雙去世，姊姊也不理他；沮喪孤單的大哥哥，天天吃泡麵過日子，既不出門也不和鄰居打交道。

那天，我們一走到他家門前，就聽見狗的狂吠聲，把三歲的我嚇得恨不得拔腿就跑。進去屋子裏，我和媽媽都呆住了！因為，大哥哥的房間實在很亂。媽媽和慈濟的師姑們幫他打掃一番，他雖一語不發，卻從此接受媽媽和師姑們的關懷。

大哥哥在高中畢業後，如願以償考上臺灣大學，真令人佩服。這位哥哥的故事，讓我體會到沒有父母的痛苦。

媽媽平常在學校要耐心地教小朋友們懂事；回家後，還要照顧我們一家大小。還記得，她曾經為了適應不良的我，到處找合適的幼稚園，還在我第一天上學時，抽空到幼稚園逗我開心；當天晚上，媽媽累得呼呼大睡，那時候的我雖然很想玩，但也不忍心再吵醒媽媽。

上了小學三年級時，我學到了一個壞習慣，每天老是會忘了帶東西，幾乎每次都要媽媽送來給我，讓媽媽一心三用，真是累壞她了。現在我已經升五年級了，也長大了，希望自己更懂事，減輕媽媽的負擔。

在媽媽心中，我是她永遠的稀世珍寶；一想到那位沒有媽媽的大哥哥，就覺得自己能擁有這位菩薩媽媽，真是最幸福的人。

掉牙

我的乳牙「小臼齒」，在早上上音樂課的時候，突然掉了。

以前曾經聽鳳嬌媽媽說：「小孩子，每掉一顆牙，就是長大了一點。」

因此，今天我是又開心又害怕。開心的是，我又長大了一點；並且這顆牙已經讓我痛了很久了，一直不敢去看牙醫師，今天掉了真的讓我很開心。為何又害怕呢？因為我害怕別人會笑我——「無齒耶」。

今天是個美麗的豔陽天，天空中朵朵的白雲，正由南而北地飄過來，聽說那是西南氣流所造成的景象呢！五年級一大早就在舉行拔河預賽，準備學校四十周年慶當天，來個總決賽。

早上拔河預賽過後，上音樂課時，突然感覺牙齒卡住了。過了一段時間，感覺有東西在我的舌頭上。吐出來一看，原來是牙齒。

牙齒掉了，我還沒有說出口，就有人問我：「副班長！你的牙齒掉了沒？」

他們的問話，真讓我嚇了一跳！他們算得也真準，好像有神通呢！

這顆牙齒，在還沒掉落以前，我經常會把牙露出來，裝成暴牙去逗逗別人，別人還笑嘻嘻的呢！

今天，十年來一直和我相依相附的乳牙，終於是彼此感情要分開的時候了。

希望再新生的這顆「恆久齒」，能夠長得很好，也希望我能夠更珍惜它。

♥運動會

「緊張！緊張！」「刺激！刺激！」恐怖的「代誌」發生了。（用閩南語說）

運動會開幕，又酷又炫的六年級大哥哥、大姊姊們，繞操場一周；精采的大會操和社區太極拳表演之後，接著是幼稚園的小小勇士進行曲和一年級的小小勇士闖通關……

快輪到緊張、刺激、恐怖、超炫勁爆的五年級拔河前四名決賽。

「因為上一場的拔河比賽我們輸了，不能爭奪第一、二名，真是可惜！不過我們在十九班中能參加前三、四名的決賽，也算很強了。」想著想著，比賽的時間就到了，聽到：「五年級拔河比賽開始！」

槍聲一響，大家盡力地拔河，我們還是輸了。輸的原因雖然很多，有人說是因為班上重量級的同學缺席，最後我們班還是看開了，不再怪什麼。

今天，除了有許多的競賽外，還有趣味競賽。趣味競賽真的很好玩，有跳布袋接力的代代相傳、滾輪胎的時代巨輪……這些趣味競賽，讓我回想到從前。

運動會，看見了後操場的彩帶隨風飄揚，以及各學年的主題標語懸掛著，把後操場布置得五彩繽紛。看見了校園圍牆邊木棉的白色棉花，也飛來飛去，隨風飄落，好像是在為我們運動會的快樂氣氛，做一個美麗的結束。

校園植物

月桃花

「月桃」種在埔墘國小的風和園裏。經過學校蘇老師長久的照顧，終於開了兩串花了。我們叫它「月桃花」。

月桃花屬於薑科植物。基部叢生，葉子互生，葉片長橢圓狀，開出來的是一朵朵的小黃花串成一大串，看起來非常美麗。

學校的這叢月桃花，是蘇老師從陽光比較不充足的教材園，移植過來的。多年從未開過花，移植一年多來，好不容易才開了花，真讓我們大開了眼界。

今天，很榮幸地請教自然科王老師，她很熱心帶著我們去觀賞美麗的月桃花。王老師說：「月桃花的葉子，在以前有許多的用途。例如：在沒有塑膠袋以前，人們就用月桃花的葉子來包東西。以前南部竹子少，到了端午節，大家就用月桃的葉子來包粽子。月桃不是果肉好吃，而是種子好吃。它的種子還有去口臭的功能呢！」

我還得到一個情報，我知道月桃花只能生長在亞熱帶和熱帶喔！

今天，在校園裏看到月桃花開了。我心裏很高興，很感謝蘇老師耐心和愛心的照顧，和王老師為我們解說，讓我們能看到和了解美麗的月桃花。

希望人人都好好愛惜大自然，這樣大自然就會讓我們得到許多的資源，讓我們來欣賞大自然美麗的花朵，也才可以看到美麗的月桃花。

火球花

大家好！我是「火球花」，校長曾經在朝會時介紹過我。

農人把我播種後，要經過五、六年，我才會開花。不過，只要我伸出泥土，就會長得很快，每天約長五到七公分，你幾天不來看我，我就快要開花了。也因為我開的花很像火球，所以大家都叫我「火球花」，也有人叫我「繡球花」。

我是球根花卉，本來生長於熱帶非洲，花莖直立高三十至九十公分。我是以「球根分株法」或「播種法」繁殖。在冬季時，我會把「球根」藏在地底下，像冬眠一樣，你們就看不到我了。

我現在很美麗，因為蘇老師把我照顧得很好，我開出了一百朵左右的小紅花，組成直徑約十五公分的「大火球」。也因為我展現了我的能力和美麗，所以蘇老師就把我從教材園搬到校長室前，讓大家能來欣賞我的美麗。

有一位佑佑小朋友，怕別人不認識我，還在我的面前幫我掛上「名牌」。這樣有心的小孩，我好喜歡他喔！因為掛上了名牌，很多人會多看我一眼，多關心我一下呢！

大家一定要抽空來看我喔！一年裏，我只有在五、六月才美麗這麼一次。別忘了要帶著紙和筆來記錄下美麗的我喔！

♥爬山

老爹載著我、鳳嬌媽媽、爸爸、媽媽，一起去爬山。

早上，正在「吃飯配電視」時，媽媽就對我說要去爬山，還說鳳嬌媽媽和老爹也會去。如果，鳳嬌媽媽和老爹也會去的話，那我只好跟著去了。

九點半，要出發了。

出發前，我看到媽媽帶了許多的東西。有開水、橘子、餅乾，帶這些還沒話說，連風箏、躲避球也帶了出來！

在車上，大家有說有笑。選舉日剛過，所以一路上都在談著「選舉話題」，一直說到了山腳下才停止，大人的話也真是長！

到了山腳下，正準備爬山，大家把需要的東西拿出來，沒想到拿出球來時，爸爸說：「那顆球沒氣，爬山也用不著，更何況沒地方可玩呀！等一下，掉落山谷……」頓時，大家都快笑破了肚皮！

邊爬著山，邊欣賞著美麗的風景。

一路上，馬路的兩旁種著美麗的楓樹，一些楓葉已經變紅。變紅的楓葉，把美麗的山點綴得更美了。我拾起一片紅色的楓葉，要從山上往下丟落，結果楓葉回頭往山上飛；爸爸和媽媽也各撿起一片落葉往山谷中丟，結果也一樣，媽媽好奇地說，怎麼會這樣？爸爸說，那是「上升氣流」！

媽媽撿起三片美麗的楓葉，告訴我：「楓葉可以做卡片。」

我說，以前張麗玉老師也教過我們用楓葉做卡片。

媽媽還是把拾起的三片楓葉，夾在筆記簿裏。

邊走著，邊買著東西，也邊欣賞著風景，很快就到了一處涼亭。

在涼亭處，大夥兒都去休息吃東西，喝茶的喝茶，吃餅乾的吃餅乾，老爹也拿出了在路上買的鳳梨讓大家品嘗。鳳嬌媽媽說：「好酸喔！」大家都露出了痛苦的表情！只有老爹說：「奈也酸（閩南語）？」我覺得老爹的舌頭是已經麻痺了，才吃不出酸呢！

走了又走，終於到達目的地「善息寺」。到了善息寺，我覺得不累，大家也都覺得不會很累。因為，我吸了許多新鮮空氣，大家也都吸了許多新鮮空氣，新鮮空氣使我們神清氣爽。

中午，大家滿足地繞著原路回家。

♥學英文

小學四年級時，我聽到爸媽在討論著，要不要讓我學英文？最後，爸媽還是讓我學了。

記得第一天去上課，我「心不甘，情不願」地去了英文班。一開始，覺得很無趣，不過老師的幽默和風趣，讓我喜歡上英文。

日子久了，老師換了人，英文也愈來愈難了，我也對英文愈來愈討厭：英文會話不聽、英文單字不背，我對英文已經沒有了「信心」，英文也離我愈來愈遠了。

後來，媽媽對我說：「英文是要用一輩子的，所以學了之後就不要停……」我聽了媽媽的話，慢慢地再開始打開錄音機，聽英文、背單字……現在英文已經聽懂一些些了。

雖然，我還不是很喜歡英文，不過想到：以後還要不斷地用到英文，我想我一定會學習接受「英文」的。

只要我每天聽英文、背單字、和爸爸一起討論英文……做到這一些，我想一定可以學會英文的！

鄒宜倢（幼稚園時期口述／姨婆林秀蘭整理）

媽媽愛我

我愛媽媽，
媽媽也愛我。
我晚上睡覺哭哭，
媽媽會抱抱我。

爸爸是好魔鬼

我怕爸爸，
因為爸爸是魔鬼。

爸爸回家，
進門會嚇我，
我也會嚇爸爸。

我是好姊姊

我有一個妹妹，名字叫宜恩。
我會幫妹妹餵飯、菜、湯、冬瓜、草莓、
ㄋㄟㄋㄟ、奶嘴、水果，我都會。
姨婆說，我好乖、我是一個好姊姊。

♥兩個姑姑

我有兩個姑姑，一個是大姑姑，一個是小姑姑。
我喜歡姑姑，給我的熊熊；姑姑睡覺起來，頭髮像爆炸頭。

♥萬花筒

我今天學了，
一、二、三、四、五、六、七、八、九、十個字（注音符號）。
爸爸的ㄅ；怕怕的ㄆ；媽媽的ㄇ；
弟弟的ㄉ；姑姑的ㄍ；小雞的ㄐ；
西瓜的ㄒ；一二三的ㄧ；
烏鴉的ㄨ；阿婆的ㄚ。
阿婆說我好乖，送我一個萬花筒。

我看到——蝴蝶結、花……

爸爸的鞋子

我家的鞋子，比你家的鞋子多。
因為我們家的人比較多，
有爸爸、媽媽、我、妹妹、還有弟弟。
我的鞋子最多了，爸爸的鞋子最少。
爸爸只有兩雙鞋子，爸爸的鞋子穿得都裂開了……
我會幫爸爸擦皮鞋。

♥泡金桔茶

三顆金桔、冰糖、茶壺和開水。
姨婆切金桔，我擠金桔；
姨婆倒給我喝，我倒給姨婆喝；
金桔汁，酸酸甜甜的……
回家，我會泡金桔茶給——
阿嬤、阿公、姑姑、媽媽、爸爸喝……

註：宜倢為什麼先給阿嬤喝，最後才輪到爸爸呢？因為爸爸、媽媽工作辛苦，晚一點回家，最後回家的那個人是爸爸。

鄒宜倢（小學時期作品）

快樂體健課

下午體健課，體健黃老師要整理圖書室，由級任老師廖秀君帶我們去體育場。

到了體育場，老師把全班分成三組輪流溜滑梯、玩彈珠、打陀螺和踩草地。我們脫下了鞋襪，打著赤腳在草地上玩老鷹抓小雞。有些怕踩到狗大便的同學，也脫下鞋子一起玩，因為草地很柔軟，踩起來腳冰冰的，覺得又刺又癢很舒服，大家一起玩得好開心。

下課時，大家在體育場合照。回到教室洗手後，我們一邊吃餅乾，一邊看影片，今天過得很快樂。

♥難忘的運動會

風和日麗的星期六上午，我和同學、老師一起到運動場，參加一年一度的運動會。

運動會現場，人山人海。第一個節目是四年級大會舞。四年級的大哥哥、大姊姊們，都跳得很整齊。為了不讓大家失望，大哥哥、大姊姊們個個都賣力演出，活潑、整齊動人的隊伍，贏得滿堂喝采，我的手也拍得通紅。

第二個節目是幼稚園的表演。幼稚園的小弟弟、小妹妹們，都穿得很可愛，每個人的雙手都拿著彩球在跳舞，彩球在頭上揮動著，宛如舞動著的花海，好美喔！

接下來就是大家最期待的節目，我們三年級的大隊接力。當裁判手高舉著比賽用的槍，喊著：「預備！」這時場外的加油聲不斷，場內的每個選手也很緊張。

裁判的槍大聲「砰」一聲，每位選手就開始跑，一棒接一棒，我也努力往前衝，氣喘如牛地把棒子交給了下一位同學。最後六班得到第一名，我們班得了第四名。我們班能得第四名，是因為我們常練習，才能得到好成績，大家都很滿足也很開心。

這次的運動會，不只讓我了解到「團結力量大」，也讓我深深感覺，往後我們還要多練習，平日，人人就要練好體力和速度，將來再參加比賽時，就會有亮麗的成績。

♥假如我是……

假如我是社區志工，
每到夜深人靜時，
總會巡邏社區的狀況，

使人們能寧靜地安睡。

※　※　※　※

假如我是小學老師，
每當學生很多問題時，
總會教導如何解決疑問，
使他們愉快地學習。

※　※　※　※

假如我是人民保母，
每有壞人為所欲為時，
總會保護人們的安全，
使大家平安地生活。

♥上學途中

對於每個學生來說，上學是很重要的，在學校會遇到新鮮事，在上學途中，也會遇到許多新奇的事情喔！

每天早上，媽媽會帶著我和妹妹去上學。一路上，我們看到許多來往匆忙的車子；也看到許多遛狗人留下的狗大便。帶著愉快心情上學的小學生們，在上學途中也得要留心「狗黃金」呢！因為，萬一不小心踩到了，會變成「臭馳」的！

我們三人，一起走在馬路上，有說有笑。曾經太專心於相處的談笑中，而錯過了過馬路的時機，也曾經因而差點踩到「狗黃金」，當時心裏想，是不是準備要發大財了？

有人說：「陪孩子上、下學，是一天中最幸福的時刻。」爸爸、媽媽每天都忙於工作，難得有時間陪我們，但是媽媽一定會提早起床做早餐，讓全家人享用後，再帶我們去上學。

我們都很珍惜與爸媽共進早餐的時刻，也更珍惜媽媽陪我們一起上學途中的那段溫暖時光。

♥我對流浪狗的看法

記得小時候，我和弟弟、妹妹走在馬路上，都踮著腳尖快步向前走。因為從我家到姨婆家，雖然只有一小段路，就有了十幾坨狗大便，我們怕踩到狗大便、也怕臭，總是摀著鼻子走。

小時候，我也曾被流浪狗追過，當時我嚇得臉色發白，也留下了很不好的印象。現在長大了，我才發現流浪狗，我怕牠，牠更怕我呢！後來我又慢慢觀察，才知道是我冤枉了流浪狗，其實很多狗大便是一些沒道德的養狗人，在清晨或晚上遛狗時，讓狗隨地大小便。

流浪狗會隨地大小便，汙染環境，流浪狗也會攻擊小朋友。後來想想，牠曾被人拋棄，情緒不穩定，也真可憐，遇見牠只要遠離、不要攻擊牠，注意自己的安全就好了。

流浪狗雖然可憐，但也要將牠處置好，方法是將牠安置於流浪狗之家，或讓有心人士認養，讓牠有個家可安身。

我們也可以學學環境一級棒的日本，他們對養狗人比臺灣嚴格多了，要買狗之前須填一大堆資料、植入晶片，隨便棄養就會受罰，相信這樣就不會有許多被棄養的可憐流浪狗了。

人養了狗，不應該碰到難題就棄養牠，要把牠當家人看待，愛牠就好好照顧牠吧！

鄒宜恩（海山國小時期作品）

♥開學第一天

媽媽帶著姊姊和我一起去上學。

宜恩很乖，在側門等姊姊一起回家，兩姊妹，大手牽小手，看到紅綠燈，停、看、聽，再過馬路。

自己預習數學，也看完兩本書——《桃太郎》、《臥冰求鯉》。

♥媽媽接我放學

今天媽媽來接我，

我嚇一跳，

因為媽媽很少來接我。

媽媽跟我說：
今天會很晚回家。
聽了，我心裏好傷心。
姊姊說：
媽媽更少接過我。
聽了，我心裏舒坦多了。

爺爺生病了

爺爺生病住在臺大醫院，
弟弟、姊姊和我，
一起爬到病床上，
弟弟親著爺爺的臉，

我們一起跟爺爺說：
「爺爺，您好帥喔！」
爺爺終於笑了，
大家都很開心。

♥家人的笑容

我跟弟弟玩卡片
弟弟露出美麗的笑容
我問媽媽高興嗎
媽媽露出美麗的笑容
我陪爸爸聊天
爸爸露出美麗的笑容

我幫姊姊按摩
姊姊也露出美麗的笑容

♥我們一家人

我家一共有五個人，有爸爸、媽媽、姊姊、弟弟和我。

爸爸最喜歡睡覺。因為爸爸在新竹科學園區上班，每天很早就要出門，很晚才能回到家，所以很累。爸爸長得矮矮的，連姊姊的身高都要追上他了！爸爸的體重七十公斤，還好他最近學了氣功，每天練功、運動，就不會再胖起來了。

他的專長是電腦ＩＣ設計，喜歡出一些動腦題目考考我們，是我們家腦筋動得最快的人。但是聽家人說，我也快要成為我們家腦筋動得最快的人呢！因為爸爸考我們，我也會想辦法出題目考他呀！

媽媽是醫師、也是認證的營養治療師，專攻預防醫學，每天都很忙碌在關心大家的健康。每次我們生病都是喝媽媽調配的東西，病才逐漸好的，而不是吃藥。媽媽最擅長的就是煮「營養、健康、簡單、好吃」的菜，我們都很喜歡吃，所以每次媽媽煮的東西，我們都會吃光。

姊姊是四年級升五年級的小學生，她的功課好、鋼琴彈得一級棒。她很喜歡跟我開玩笑，因為我們倆是好姊妹。姊姊長得高高瘦瘦的，是個有愛心的人，去年八八水災，她就捐出了她存款的一半去幫助受災民眾，難怪她的人緣那麼好，連續好幾次都當選模範生。

弟弟要升一年級了，他個子瘦瘦矮矮、皮膚黑黑的，是我們家的調皮、搗蛋鬼。弟弟總是喜歡和人唱反調，人家說對的，他就說錯，但是他的內心卻與他的行為不一樣。

其實，弟弟是個非常富有同情心和愛心的人，又非常慷慨，姨婆為了要改掉他愛買東西的習慣，對他說：「你買一元的東西，就要捐出一元去幫助別人，將來才不會變窮。」他真的做到了耶！其實弟弟真的很可愛，只要他乖乖的，我們都很喜歡他。

我叫鄒宜恩，要升二年級，今年七歲了。我最喜歡畫畫，立志長大後要當聞名世界各角落的名畫家。

我有一個溫暖的家庭，我愛我的家人，我希望我們一家人天天都很快樂！

♥我的生日

今天是我的生日，很多人幫我慶生。

姨婆說，生日是媽媽生我的那一天，媽媽生我很辛苦，教我要跟媽媽說：「媽媽，謝謝您！」

這一天，我要多做好事、口說好話，還要祝福媽媽，長命百歲。

媽媽對我說：「感恩擁有宜恩，有你這樣貼心的寶貝，媽媽覺得很幸福！」

♥我想有一雙會飛的鞋子

我想有一雙會飛的鞋子
飛躍大地和河流
看到兒童們在河邊嬉戲
看到大人們努力工作
我真想對他們說：
加油！加油！

♥未來屋

未來屋是很厲害的屋子。

未來屋，可以飛又可以到處旅行；我說來一杯咖啡，它就會給我一杯咖啡；如果有人要來攻擊我們，未來屋就會用防護罩來保護我們。

我期待能住著，科技發達時候的未來屋。

鄒亞哲（海山國小時期作品）

溫暖的被窩

冬天很冷，
躲在被窩裏很好睡，
可是會很晚起床，
上學會遲到，
會讓我的心情，
變成下雨天。

♥愛心

下課同學跌倒，
我會扶同學起來，
帶他去健康中心。
家人累的時候，
我會幫家人按摩，
家人生病的時候，
我會倒水給家人喝。

離 不 遠

傳家系列 004

離家不遠──林秀蘭作品集

作　　者／林秀蘭
創 辦 人／釋證嚴
發 行 人／王端正
總 編 輯／王慧萍
主　　編／陳玫君
特約編輯／吟詩賦
編　　輯／涂慶鐘
校對志工／王祝美、張勝美、簡素珠、李秀娟
美術設計／謝舒亞

出 版 者／慈濟傳播人文志業基金會
慈濟期刊部
地　　址／11259 臺北市北投區立德路 2 號
編輯部電話／02-28989000 分機 2065
客服專線／02-28989991
客服傳真／02-28989993
劃撥帳號／19924552　戶名／經典雜誌
製版印刷／新豪華製版印刷股份有限公司
出版日期／2018 年 8 月初版一刷
定　　價／新臺幣 250 元

國家圖書館出版品預行編目 (CIP) 資料

離家不遠：林秀蘭作品集／林秀蘭作. -- 初版. --
臺北市：慈濟傳播人文志業基金會，2018.08
367 面；15×21 公分. --（傳家系列；4）
ISBN 978-986-5726-57-7(平裝)
848.6　　107012976